SEIS TÚMULOS
PARA MUNIQUE

MARIO PUZO

SEIS TÚMULOS PARA MUNIQUE

PUBLICADO ORIGINALMENTE SOB O PSEUDÔNIMO DE MARIO CLERI

Tradução de
Roberto Muggiati

EDITORA RECORD
RIO DE JANEIRO • SÃO PAULO
2012

CIP-Brasil. Catalogação na fonte
Sindicato Nacional dos Editores de Livros, RJ

P996s Puzo, Mario, 1920-1999
       Seis túmulos para Munique/Mario Puzo; tradução
       de Roberto Muggiati. – Rio de Janeiro: Record, 2012.

       Tradução de: Six graves to Munich
       ISBN 978-85-01-09158-1

       1. Ficção americana. I. Muggiati, Roberto, 1937-
       II. Título.

12-0869.   CDD: 813
                        CDU: 821.111(73)-3

TÍTULO ORIGINAL EM INGLÊS:
Six graves to Munich

Copyright © 1967 by Mario Puzo

Texto revisado segundo o novo Acordo Ortográfico da Língua Portuguesa.

Todos os direitos reservados. Proibida a reprodução, no todo ou em parte, através de quaisquer meios. Os direitos morais do autor foram assegurados.

Editoração eletrônica: Ilustrarte Design e Produção Editorial

Direitos exclusivos de publicação em língua portuguesa somente para o Brasil adquiridos pela
EDITORA RECORD LTDA.
Rua Argentina, 171 – Rio de Janeiro, RJ – 20921-380 – Tel.: 2585-2000, que se reserva a propriedade literária desta tradução.

Impresso no Brasil

ISBN 978-85-01-09158-1

Seja um leitor preferencial Record.
Cadastre-se e receba informações sobre nossos lançamentos e nossas promoções.
Atendimento e venda direta ao leitor:
mdireto@record.com.br ou (21) 2585-2002.

Seis Túmulos para Munique

CAPÍTULO 1

Michael Rogan conferiu o letreiro chamativo diante do clube noturno mais "quente" de Hamburgo. *Sinnlich! Schamlos! Sündig!* Sensual! Sem-vergonha! Pecaminoso! O Roter Peter não fazia segredo sobre o que vendia. Rogan puxou uma pequena fotografia do bolso e estudou-a sob a luz vermelha da lâmpada em forma de porquinho sobre a porta. Tinha estudado a fotografia uma centena de vezes, mas estava nervoso para reconhecer o homem que procurava. As pessoas mudam muito em dez anos, Rogan sabia. Ele próprio havia mudado.

Passou pelo porteiro, que se curvou obsequiosamente, e entrou no clube. Lá dentro estava escuro, exceto pelo filme pornô que tremeluzia numa pequena tela retangular. Rogan procurou seu caminho em meio às mesas cheias e à ruidosa aglomeração de pessoas que fediam a álcool. Subitamente as luzes da casa se acenderam e emolduraram o palco, onde havia garotas louras dançando. Os olhos de Rogan examinaram os rostos das pessoas sentadas às mesas na primeira fila em frente ao palco. Uma garçonete tocou seu braço. Disse, toda coquete, em alemão:

— *Herr Amerikaner* procura algo especial?

Rogan passou rapidamente pela moça, incomodado por ser tão facilmente identificado como americano. Podia sentir o sangue latejando contra a placa de prata que mantinha seu crânio no lugar — um sinal de perigo. Teria de fazer esse trabalho rapidamente e voltar para o hotel. Continuou percorrendo o clube, investigando os cantos escuros, onde os clientes bebiam cerveja em enormes canecas e agarravam de modo impessoal a garçonete mais próxima. Espiou as cabines com cortinas, onde os homens se esparramavam em sofás de couro e estudavam as garotas no palco antes de pegarem o telefone sobre a mesa e convocarem a companhia de suas favoritas.

Rogan estava ficando impaciente. Não tinha muito mais tempo. Virou-se e encarou o palco. Atrás das garotas nuas que dançavam, havia um painel transparente na cortina. Dele, os clientes podiam ver a próxima fileira de garotas preparando-se para subir ao palco e aplaudiam cada vez que uma delas tirava um sutiã ou uma meia. Uma voz gritou embriagada:

— Queridas, ah, queridas, sou capaz de amar todas vocês.

Rogan virou-se para a voz e sorriu no escuro. Lembrou-se daquele som. Dez anos não a tinham mudado. Era uma voz bávara, consistente e abafada, cheia de falsa cordialidade. Rogan lançou-se rapidamente na direção da voz. Abriu o paletó e soltou um botão de couro que prendia firmemente a pistola Walther ao coldre do ombro. Com a outra mão, tirou o silenciador do bolso do paletó e segurou-o como se fosse um cachimbo.

E, então, estava diante da mesa, diante do rosto do homem que nunca esquecera, cuja memória o havia mantido vivo pelos últimos dez anos.

A voz não o tinha enganado: era Karl Pfann. O alemão devia ter ganhado mais de 20 quilos e havia perdido quase todos os cabelos; apenas poucas mechas louras cruzavam a oleosa cabeça, mas a boca era tão pequenina e quase tão cruel quanto Rogan lembrava. Ele sentou-se na mesa ao lado e pediu um drinque. Quando as luzes da casa se apagaram e o filme pornô começou a passar de novo, ele tirou a pistola Walther do coldre e, mantendo as mãos debaixo da mesa, colocou o silenciador no cano. A arma oscilou em suas mãos; não seria certeira se estivesse a mais de 5 metros. Rogan inclinou-se para seu lado direito e deu um tapinha no ombro de Karl Pfann.

A cabeça grande virou-se, a careca reluzente inclinou-se e a voz falsamente cordial que Rogan vinha ouvindo em seus sonhos durante dez anos disse:

— Sim, *mein Freund*, o que deseja?

Rogan disse numa voz rouca:

— Sou um velho camarada seu. Fechamos um negócio no *Rosenmontag*, na segunda-feira de Carnaval, em 1945, no Palácio da Justiça de Munique.

O filme distraiu Karl Pfann, e seus olhos se voltaram para a tela iluminada.

— Não, não pode ser — disse impaciente. — Em 1945 eu servia à Pátria. Só me tornei um homem de negócios depois da guerra.

— Quando era um nazista — disse Rogan. — Quando era um torturador... Quando você era um assassino.

A placa de prata em seu crânio latejava.

— Meu nome é Michael Rogan. Eu era do Serviço Secreto americano. Lembra-se de mim agora?

Houve um ruído de copo quebrado quando o corpanzil de Karl Pfann girou na cadeira e ele perscrutou a escuridão na tentativa de enxergar Rogan. O alemão falou baixo, mas em tom de ameaça.

— Michael Rogan morreu. O que quer de mim?

— Sua vida — disse Rogan.

Puxou a pistola Walther por debaixo da mesa e a pressionou contra a barriga de Pfann. Apertou o gatilho. O corpo do alemão estremeceu com a força da bala. Rogan ajeitou o silenciador e atirou de novo. O grito de morte sufocado de Pfann foi afogado pelo urro de gargalhada que varria o clube noturno enquanto a tela mostrava uma cena hilariante de sedução.

O corpo de Pfann esparramou-se sobre a mesa. Sua morte só seria notada depois que o filme acabasse. Rogan tirou o silenciador da pistola e colocou as duas peças nos bolsos do paletó. Levantou-se e caminhou silenciosamente pelo clube noturno às escuras. O porteiro de uniforme com galões dourados saudou-o e assobiou para um táxi, mas Rogan virou o rosto e seguiu pela Allee até o cais. Caminhou ao longo das docas por muito tempo, até que sua pulsação selvagem desacelerasse. Ao frio luar do norte alemão, bases arruinadas de submersíveis e submarinos cobertos de ferrugem traziam de volta os terríveis fantasmas da guerra.

Karl Pfann estava morto. Dois já foram e ainda faltavam cinco, pensou Rogan sombriamente. E então dez anos de pesadelos seriam pagos e ele poderia ficar em paz com a placa de prata em seu crânio, os gritos eternos de Christine chamando seu nome, clamando por salvação, e o breve momento ofuscante em que sete homens numa sala de alta cúpula do

Palácio da Justiça de Munique o haviam sentenciado à morte como se fosse um animal. Tinham tentado assassiná-lo, sem dignidade, como se aquilo fosse uma piada.

O vento ao longo do cais era cortante, e Rogan subiu até a Reeperbahn, a Avenida dos Cordoeiros, passando pela delegacia ao entrar na Davidstrasse. Não tinha medo da polícia. A luz no clube noturno era muito fraca para que qualquer pessoa o tivesse visto suficientemente bem para descrevê-lo com precisão. Ainda assim, por segurança, esgueirou-se até uma rua transversal que tinha uma grande placa de madeira: "Proibido para Adolescentes!" Parecia com qualquer outra rua, até que ele virou a esquina.

Tinha entrado na famosa St. Pauli, a área da cidade reservada para a prostituição legalizada em Hamburgo. Havia uma iluminação brilhante e estava cheia de homens passeando. As casas de três andares pareciam comuns à primeira vista, a não ser pelos grupos que entravam nelas. Os andares térreos tinham janelões iguais a vitrines, revelando o interior dos quartos. Sentadas em poltronas, lendo, tomando café e conversando, ou deitadas em sofás e olhando sonhadoramente para o teto havia algumas das jovens mais bonitas que Rogan já tinha visto.

Algumas delas fingiam limpar suas cozinhas e vestiam apenas um avental que chegava ao meio das coxas. Cada casa tinha um letreiro "30 Marcos Por Uma Hora". Em algumas janelas as cortinas estavam fechadas. Impressa em letras douradas nas cortinas pretas, estava a palavra *Ausverkauft*, "Esgotada", para anunciar orgulhosamente que algum sujeito rico contratara a garota pela noite inteira.

Havia uma loura lendo numa mesa com tampo de zinco em sua cozinha. Parecia desamparada, nunca erguendo o olhar para a rua movimentada; algumas gotas de café tinham respingado perto de seu livro aberto. Rogan parou diante da casa e esperou que ela levantasse a cabeça para que pudesse ver seu rosto. Mas ela não erguia os olhos. Deve ser feia, pensou Rogan. Pagaria a ela 30 marcos só para poder descansar antes de começar a longa caminhada até o hotel. Fazia mal a ele ficar excitado, os médicos haviam dito, e uma mulher de rosto feio não o excitaria. Com aquela placa de prata no crânio, Rogan era proibido de tomar bebidas fortes, fazer sexo excessivamente ou mesmo ficar com raiva. Não disseram nada sobre cometer assassinato.

Quando entrou na cozinha fortemente iluminada, viu que a garota à mesa era bonita. Ela fechou o livro com pesar, levantou-se e o levou pela mão até um quarto reservado. Rogan sentiu uma breve onda de desejo que fez suas pernas tremerem e seu coração bater. A reação ao assassinato e à fuga atingiu-o com força total e ele sentiu-se enfraquecer. Afundou na cama, e a voz da jovem, que soava como uma flauta, pareceu vir de longe.

— O que há de errado com você? Está doente?

Rogan sacudiu a cabeça e apalpou a carteira. Espalhou um feixe de notas sobre a cama e disse:

— Vou pagá-la pela noite. Feche as cortinas. E depois simplesmente me deixe dormir.

Quando ela voltou à cozinha, Rogan pegou um pequeno frasco de pílulas do bolso da camisa e enfiou duas na boca. Era a última coisa da qual se lembrava antes de perder a consciência.

Quando Rogan acordou, a alvorada cinzenta saudava-o manchando as janelas empoeiradas dos fundos. Olhou ao seu redor. A garota dormia no chão, debaixo de um cobertor fino. Um leve perfume de rosas vinha de seu corpo. Rogan rolou por sobre a cama para sair pelo outro lado. Os sinais de perigo tinham desaparecido. A placa de prata não latejava mais; a dor de cabeça sumira. Sentia-se descansado e forte.

Nada fora tirado de sua carteira. A pistola Walther ainda estava no bolso do paletó. Escolhera uma garota honesta que também tinha bom-senso, pensou Rogan. Deu a volta até o outro lado da cama para acordá-la, mas ela já estava se pondo de pé, seu belo corpo tremendo no frio da manhã.

O quarto inteiro tinha um cheiro intenso de rosas, notou Rogan, e havia flores bordadas nas cortinas da janela e nos lençóis. Havia rosas bordadas até na camisola transparente da garota. Ela sorriu para ele.

— Meu nome é Rosalie. Gosto de tudo com rosas: meus perfumes, minhas roupas, tudo.

Parecia orgulhosa de seu apego às rosas como uma garotinha, como se isso lhe conferisse uma distinção especial. Rogan achou isso engraçado. Sentou-se na cama e a chamou com um gesto. Rosalie aproximou-se e ficou entre as pernas dele. Podia sentir seu perfume delicado e, quando ela tirou a camisola de seda, pôde ver os seios com mamilos em formato de morango e as longas coxas brancas; e, então, seu corpo envolveu o dele como pétalas macias e sedosas, e sua boca de lábios carnudos se abriu debaixo da boca dele, fremindo intensamente de excitação.

CAPÍTULO 2

Rogan gostou tanto da garota que providenciou que ela fosse morar com ele em seu hotel durante a semana seguinte. Isso envolveu complicadas negociações com o proprietário do bordel, mas ele não se importou. Rosalie ficou encantada. Rogan sentiu uma satisfação quase paterna com o prazer dela.

Rosalie ficou ainda mais entusiasmada quando soube que o hotel dele era o mundialmente famoso Vier Jahrezeiten, o mais luxuoso da Hamburgo do pós-guerra, com seu serviço ao estilo grandioso da Alemanha do velho Kaiser. Rogan tratou Rosalie como uma princesa durante aquela semana. Deu-lhe dinheiro para novas roupas e levou-a ao teatro e a ótimos restaurantes. Era uma garota afetuosa, mas havia algo estranhamente vago nela que intrigava Rogan. Ela correspondia como se ele fosse algo a ser amado, assim como um cachorro de estimação. Acariciava seu corpo de forma tão impessoal quanto acariciaria um casaco de pele, ronronando com o mesmo tipo de prazer. Um dia, voltou inesperadamente de uma excursão de compras e encontrou Rogan limpando sua pistola Walther P-38. Que Rogan possuísse tal arma era uma questão completamente indiferente para ela. Realmente não ligava e não o questionou a respeito. Embora Rogan ficasse aliviado com essa reação, ele sabia que não era natural. A experiência havia lhe ensinado que ele precisava de uma semana de descanso após um de seus ataques. Seu próximo lance era em Berlim e, ao final da semana, debateu consigo mesmo se levaria ou não Rosalie para a cidade dividida. Decidiu que não. As coisas poderiam acabar mal e ela ficaria ferida sem ter culpa alguma na história. Na última noite, disse que a deixaria pela manhã e lhe deu todo o dinheiro em sua carteira. Com aquele estranho distanciamento, ela pegou o dinheiro e o jogou na cama. Não deu nenhum sinal de emoção além da indicação puramente física de uma fome animal. Como era sua última noite juntos, queria fazer amor pelo maior tempo possível. Começou a tirar as roupas. Ao fazê-lo, perguntou casualmente:

— Por que precisa ir a Berlim?

Rogan estudou os ombros suaves da jovem.

— Negócios — disse.

— Dei uma olhada em seus envelopes especiais, todos os sete. Queria saber mais sobre você — disse ela, tirando as meias. — Na noite em que me conheceu, você matou Karl Pfann, e o envelope e a fotografia dele estão marcados com o número dois. O envelope e a foto de Albert Moltke estão marcados com o número um, por isso fui à biblioteca e encontrei os jornais de Viena. Moltke foi morto um mês atrás. Seu passaporte mostra que você estava na Áustria na ocasião. Os envelopes três e quatro estão marcados com os nomes de Eric e Hans

Freisling e eles moram em Berlim. Então você está indo a Berlim para matá-los quando me deixar amanhã. E planeja matar os outros três homens também: os números cinco, seis e sete. Não é verdade?

Rosalie falou num tom prosaico, como se os planos dele não fossem de modo algum extraordinários. Nua, sentou-se na beirada da cama, esperando que ele fizesse amor com ela. Por um momento, Rogan pensou na ideia bizarra de matá-la, mas rejeitou a hipótese percebendo que não seria necessário. Ela nunca o trairia. Havia aquela curiosa distância em seus olhos, como se ela não tivesse a capacidade de distinguir entre o bem e o mal.

Ajoelhou-se diante da cama e colocou a cabeça entre os seios da mulher. Pegou a mão dela e sentiu que estava quente e seca; ela não sentia medo. Guiou a mão dela até a base de seu crânio e a fez correr os dedos por sobre a placa de prata. Estava oculta pelo cabelo escovado por cima e era parcialmente coberta por uma fina membrana de pele morta e calosa; ainda assim sabia que ela podia sentir o metal.

— Aqueles sete homens fizeram isso comigo — disse ele. — É o que me mantém vivo, mas nunca terei netos. Nunca viverei para me tornar um velho sentado ao sol.

Os dedos dela tocaram a base do crânio dele, sem recuar do metal ou da carne calosa e morta.

— Vou ajudá-lo, se você quiser — disse ela; ele podia sentir o seu cheiro de rosas e pensou, ciente de que estava sendo sentimental, que rosas eram para casamentos, não para a morte.

— Não — protestou ele. — Partirei amanhã. Esqueça-se de mim. Esqueça que um dia viu aqueles envelopes. Certo?

— Certo — disse Rosalie —, vou esquecer você. Ela fez uma pausa e, por um momento, aquele curioso semblante inexpressivo abandonou-a: — E você, vai me esquecer? — perguntou.

— Não — respondeu Rogan.

CAPÍTULO 3

Mike Rogan nunca esquecia nada. Aos 5 anos, contou a sua mãe em detalhes o que acontecera com ele três anos antes, quando, aos 2 anos de idade, ficara seriamente doente com pneumonia. Disse a ela o nome do hospital, do qual sua mãe não se lembrava mais; descreveu o pediatra, um homem extraordinariamente feio que tinha um jeito maravilhoso para lidar com crianças. O pediatra deixava até as crianças brincarem com o quisto em forma de estrela que deformava seu queixo para que não tivessem medo dele. Michael Rogan lembrou que tentou arrancar o quisto, e o pediatra soltou um "ui!" engraçado.

A mãe ficou espantada e um pouco temerosa com a proeza da memória de Michael, mas o pai se mostrou exultante. Joseph Rogan era um contador que trabalhava duro e imaginava que seu filho se tornaria um contador renomado antes dos 21 anos e teria uma vida boa. Seus pensamentos não iam mais longe, até que o pequeno Michael Rogan voltou para casa do jardim de infância com uma nota do professor. A nota informava aos Rogan que pais e filho deveriam comparecer ao gabinete do diretor no dia seguinte para discutir o futuro acadêmico de Michael.

A entrevista foi direto ao ponto. Michael não poderia mais frequentar o jardim de infância com o restante das crianças. Ele era uma má influência. Corrigia a professora quando ela omitia algum pequeno detalhe de uma história. Já sabia ler e escrever. Teria de ser mandado a uma escola especial ou tentar imediatamente uma oportunidade nas séries mais avançadas. Seus pais decidiram mandá-lo para uma escola especial.

Aos 9 anos, quando os outros garotos corriam para a rua com luvas de beisebol ou bolas de futebol, Michael Rogan deixava sua casa levando uma pasta de couro legítimo que tinha suas iniciais e endereço estampadas em dourado. Dentro da pasta, carregava textos sobre alguns dos assuntos que estavam sendo estudados naquela semana. Raramente levava mais de uma semana para dominar um assunto que normalmente exigia um ano de estudo. Ele simplesmente memorizava todos os textos lendo-os uma só vez. Era natural que um menino assim fosse considerado uma aberração em sua vizinhança.

Um dia, um grupo de garotos da sua idade cercou Michael Rogan. Um deles, um menino louro corpulento, perguntou-lhe:

— Você nunca brinca?

Rogan não respondeu. O garoto louro continuou:

— Pode jogar no meu time. Vamos jogar futebol.

— Tudo bem — disse Michael. — Vou jogar.

Aquele dia foi glorioso para ele. Descobriu que tinha boa coordenação motora e que era capaz de se dar bem jogando futebol ou brigando com outros meninos. Voltou para casa para jantar com sua cara pasta de couro suja de lama. Tinha também um olho roxo e lábios inchados e ensanguentados. Mas estava tão orgulhoso e feliz que correu para sua mãe, gritando:

— Vou entrar para o time de futebol! Me escolheram para o time de futebol!

Alice Rogan deu uma olhada para o rosto machucado do filho e irrompeu em lágrimas.

Ela tentou ser razoável. Explicou ao jovem que ele tinha um cérebro valioso, que nunca deveria expô-lo a qualquer perigo.

— Você tem uma mente extraordinária, Michael. Sua mente um dia poderá ajudar a humanidade. Você não pode ser como os outros. E se você machucar a cabeça jogando futebol? Ou brigando com outro menino?

Michael ouviu e entendeu. Quando seu pai chegou em casa naquela noite, disse quase a mesma coisa. Assim, Michael desistiu de ser como os meninos comuns. Tinha um tesouro precioso a guardar para a humanidade. Se fosse mais velho, teria percebido que seus pais estavam sendo pedantes e um tanto ridículos em relação a esse tesouro, mas ele ainda não havia adquirido esse nível de julgamento.

Quando tinha 13 anos, os outros meninos começaram a humilhá-lo e a insultá-lo, a derrubar sua pasta no chão. Michael Rogan, obedecendo aos pais, recusava-se a lutar e sofria a humilhação. O pai foi o primeiro que começou a ter dúvidas quanto à maneira como o filho era criado.

Um dia, Joseph Rogan levou para casas luvas de boxe enormes e acolchoadas e ensinou ao filho a arte da defesa pessoal. Joseph disse para Michael se defender e lutar se fosse necessário.

— É mais importante que você cresça para ser um homem — disse ele — do que para ser um gênio.

Foi durante seu décimo terceiro ano que Michael Rogan descobriu que era diferente dos meninos comuns sob outro aspecto. Seus pais sempre lhe ensinaram a se vestir bem e com um estilo adulto, porque ele passava muito tempo estudando com adultos. Um dia, um grupo de garotos cercou Rogan e disse que ia tirar suas calças e pendurá-las num poste, uma humilhação rotineira que a maioria dos garotos já havia sofrido.

Rogan ficou furioso quando os meninos colocaram as mãos sobre ele. Enfiou os dentes na orelha de um menino e a arrancou parcialmente de sua cabeça. Ele botou a mão ao redor do pescoço do líder e estrangulou-o, apesar de os garotos o chutarem e socarem para que o largasse. Quando, finalmente, alguns adultos apartaram a briga, três meninos e o próprio Rogan tiveram de ser hospitalizados.

No entanto, ninguém nunca mais o aborreceu. Era evitado não só como uma aberração, mas uma aberração violenta.

Michael Rogan era inteligente o bastante para saber que sua raiva não era natural, que ela vinha de alguma fonte mais profunda. E veio a entender o que era. Ele gozava dos frutos de sua memória extraordinária, de seus poderes intelectuais, sem ter feito nada para merecê-los, e sentia-se culpado em relação a isso. Conversou sobre seus sentimentos com o pai, que entendeu e começou a fazer planos para que Michael levasse uma vida mais normal. Infelizmente, Joseph Rogan morreu de um ataque do coração antes que pudesse ajudar o filho.

Michael Rogan, ao chegar aos 15 anos, era alto, forte e articulado. Já absorvia conhecimentos de níveis mais avançados; e, sob total influência da mãe, realmente acreditava que sua mente era um bem sagrado a ser guardado para o uso futuro em prol da humanidade. A essa altura, ele tinha o bacharelado e estudava para o mestrado. Sua mãe o tratava como um rei. Naquele ano, Michael Rogan começou a descobrir garotas.

Nesse aspecto ele era perfeitamente normal. Mas descobriu, para seu pesar, que as garotas tinham medo dele e tratavam-no com os típicos risinhos da crueldade adolescente. Era tão maduro intelectualmente que uma vez mais foi encarado como uma aberração pelos outros da mesma idade. Isso o empurrou de volta aos estudos com uma fúria renovada.

Aos 18 anos, viu-se aceito como igual pelos estudantes veteranos e diplomados na renomada universidade da Ivy League onde completava os estudos para seu Ph.D. em matemática. Também as garotas pareciam atraídas por ele agora. Alto para sua idade, tinha os ombros largos e podia facilmente passar como tendo 22 ou 23 anos. Aprendeu a disfarçar seu brilhantismo para que não fosse assustador demais e, finalmente, foi para a cama com uma garota.

Marian Hawkins era uma loura dedicada aos estudos, mas também a festas que varavam a noite. Foi sua parceira fixa por um ano. Rogan negligenciou os estudos, bebeu muita cerveja e cometeu todo tipo de besteiras para um garoto normal em fase de crescimento. Sua mãe ficou aflita com essa mudança nos acontecimentos, mas Rogan não deixou que isso o aborrecesse de modo algum. Embora nunca admitisse para si mesmo, ele não gostava da mãe.

Os japoneses atacaram Pearl Harbor no dia em que Rogan garantiu seu doutorado. A essa altura, estava cansado de Marian Hawkins e procurava uma maneira gentil de cair fora. Sentia-se cansado de treinar sua mente e cansado também da mãe. Estava louco por excitação e aventura. No dia seguinte a Pearl Harbor, sentou-se e escreveu uma longa carta ao chefe do Serviço Secreto do Exército. Fez uma lista de seus diplomas e de suas conquistas acadêmicas e anexou-a à carta. Menos de uma semana depois, recebeu um telegrama de Washington pedindo que se apresentasse para uma entrevista.

A entrevista foi um dos momentos luminosos de sua vida. Foi interrogado por um capitão da Inteligência, de cabelo cortado rente, que olhou com um ar de tédio para a lista que Rogan havia mandado. Parecia pouco impressionado, particularmente quando soube que Rogan não tinha um histórico de atividades físicas.

O capitão Alexander enfiou os papéis de Rogan de volta numa pasta de arquivo e levou-o para o escritório interno. Ausentou-se por um tempo e, quando voltou, tinha um papel mimeografado na mão. Colocou-o sobre a mesa a sua frente e batucou nele com seu lápis.

— Este papel contém uma mensagem cifrada. É um código velho, antiquado, que não usamos mais. Porém, quero ver se você é capaz de decifrá-lo. Não se surpreenda se achar difícil demais; afinal, você não teve nenhum treinamento. — Entregou a folha a Rogan.

Rogan deu uma olhada. Parecia ser uma carta-padrão criptografada, relativamente simples. Rogan tinha estudado criptografia e a teoria dos códigos aos 11 anos, como passatempo. Pegou um lápis, pôs-se ao trabalho e, em cinco minutos, leu a mensagem traduzida para o capitão Alexander.

O capitão desapareceu na outra sala e voltou com outra pasta de arquivo, da qual tirou uma folha de papel contendo apenas dois parágrafos. Era um código mais difícil e, por ser muito pequeno, era muito mais complexo decodificá-lo. Rogan levou quase uma hora. O capitão Alexander olhou para sua tradução e desapareceu de novo no escritório. Quando voltou, estava acompanhado por um coronel de cabelo grisalho, que se sentou num canto da sala de recepção e estudou Rogan atentamente.

Então o capitão Alexander entregou a Rogan três folhas de papel cobertas com símbolos. Sorriu um pouco dessa vez. Rogan reconheceu aquele sorriso, ele o tinha visto nos rostos de professores e especialistas que achavam que o haviam encurralado. Por isso, tomou muito cuidado com o código e levou três horas para decifrá-lo. Estava tão concentrado na tarefa que não reparou que a sala se encheu de oficiais, todos observando-o atentamente. Quando terminou, passou as folhas amarelas para o capitão, que examinou rapidamente a tradução e, sem dizer uma palavra, passou-a para o coronel de cabelo grisalho. O coronel percorreu o papel com os olhos e disse brevemente ao capitão:

— Traga-o ao meu escritório.

Para Rogan, a coisa toda fora um exercício prazeroso, e espantou-se ao ver que o coronel parecia preocupado. A primeira coisa que disse para Rogan foi:

— Você tornou este dia péssimo para mim, meu jovem.

— Peço desculpas — disse Rogan educadamente. No fundo, estava se lixando. O capitão Alexander o havia irritado.

— Não é culpa sua — rosnou o coronel. — Nenhum de nós pensou que fosse capaz de decifrar aquele último código. É um dos nossos melhores padrões e agora que você o conhece precisaremos mudar tudo. Depois de fazermos uma triagem e aceitarmos você nos serviços, talvez possamos usar o código de novo.

Rogan falou incredulamente:

— Quer dizer que todos os códigos são fáceis assim?

O coronel disse secamente:

— Para você eles são fáceis, obviamente. Para qualquer outra pessoa eles são dificílimos. Está preparado para entrar no serviço imediatamente?

Rogan acenou com a cabeça:

— Neste exato minuto.

O coronel franziu a testa.

— Não é assim que funciona. Você precisa ser investigado por questão de segurança. Enquanto não for aprovado, teremos de mantê-lo sob detenção. Você já sabe demais para ficar por aí à solta. Mas é apenas uma formalidade.

A formalidade veio a ser uma prisão do departamento de Inteligência que fazia Alcatraz parecer uma colônia de férias. Mas não ocorreu a Rogan que esse tratamento era típico da metodologia da Inteligência. Uma semana depois, ele prestou juramento e entrou em serviço como segundo-tenente. Três meses depois, era responsável pela seção encarregada de decifrar todos os códigos europeus, exceto os da Rússia. O código russo fazia parte da seção asiática.

Rogan estava feliz. Pela primeira vez na vida, fazia algo emocionante. Sua memória e sua cabeça fabulosamente brilhante estavam ajudando seu país a vencer uma grande guerra. Tinha as garotas que queria em Washington. E logo foi promovido. A vida não podia ser melhor. Mas em 1943 começou a sentir-se culpado de novo. Achou que estava usando sua capacidade mental para evitar a ação na linha de frente e ofereceu-se como voluntário para a seção de Inteligência de Campo. Sua oferta foi rejeitada; era valioso demais para ser colocado em risco.

Foi então que lhe veio a ideia de que ele próprio era uma central de códigos ambulante, ideal para coordenar a invasão da França de dentro daquele país. Preparou o plano em detalhes; era brilhante e os chefes do Estado-Maior aprovaram. E assim, o brilhante capitão Rogan foi lançado de paraquedas na França.

Sentia orgulho de si mesmo e sabia que seu pai também teria ficado orgulhoso com o que ele fazia agora. Mas sua mãe chorou porque ele estava colocando o cérebro em perigo, aquele fabuloso cérebro que eles haviam protegido e alimentado durante tanto tempo. Rogan não deu importância. Ainda não tinha feito nada tão maravilhoso com seu cérebro. Talvez depois da guerra encontrasse sua vocação real e estabelecesse seu verdadeiro gênio. Mas tinha aprendido o suficiente para saber que o brilhantismo precisa de longos anos de trabalho duro para se desenvolver adequadamente. Haveria tempo depois da guerra. No primeiro dia do ano de 1944, o capitão Michael Rogan foi lançado de paraquedas na França ocupada como oficial-chefe das comunicações aliadas com a resistência francesa. Tinha treinado com os agentes da S.O.E. britânica e aprendido a operar um rádio transmissor-receptor secreto. Carregava uma minúscula cápsula de suicídio embutida cirurgicamente na palma da mão esquerda.

Seu esconderijo foi a casa de uma família francesa chamada Charney, na cidadezinha de Vitry-sur-Seine, pouco ao sul de Paris. Ali, Rogan estabeleceu sua rede de mensageiros e informantes, transmitindo informação cifrada para a Inglaterra. Ocasionalmente recebia pedidos por rádio de certos detalhes necessários para a planejada invasão da Europa.

Era uma vida quieta e pacífica. Nas belas tardes de domingo, ele ia a piqueniques com a filha da casa, Christine Charney, uma garota de pernas compridas e aparência suave, com cabelo castanho. Christine estudava música na universidade local. Ela e Michael tornaram-se amantes, e ela engravidou.

De boina e exibindo seus documentos de identidade falsos, Rogan casou-se com Christine no cartório municipal e eles voltaram à casa dos pais dela para continuar juntos o trabalho clandestino.

Quando os Aliados invadiram a Normandia em 6 de junho de 1944, o tráfego de comunicação no rádio de Rogan era tão intenso que ele ficou descuidado. Duas semanas depois, a Gestapo invadiu a casa dos Charney e prendeu todo mundo que estava dentro dela. Esperaram o momento exato: não só prenderam a família Charney e Mike Rogan, como também capturaram seis mensageiros clandestinos que esperavam por informações. Em um mês, todos foram interrogados, julgados e executados. Todos, com exceção de Michael Rogan e sua mulher, Christine. Do interrogatório dos outros prisioneiros, os alemães ficaram sabendo da capacidade de Rogan de memorizar códigos intrincados e escolheram dar-lhe atenção especial. Sua mulher foi mantida viva, informaram sorrindo a Rogan, "como uma cortesia especial". Ela estava grávida de cinco meses.

Seis semanas depois de sua captura, Michael Rogan e sua mulher foram colocados em carros oficiais da Gestapo e levados a Munique. Na movimentada praça central daquela cidade, ficava o Palácio da Justiça e, num daqueles edifícios dos tribunais, começou o interrogatório final e mais terrível de Michael Rogan. Durou dias intermináveis, mais do que ele podia contar. Mas, nos anos que se seguiram, sua memória fabulosa não lhe poupou nada. Repetiu sua agonia segundo a segundo, uma vez após a outra. Sofreu mil pesadelos diferentes. E sempre começavam com a equipe de interrogatório de sete homens na sala de cúpula elevada do Palácio da Justiça de Munique, esperando pacientemente e com bom humor pelo esporte que lhe daria prazer.

Todos os sete usavam braçadeiras com a suástica, mas dois homens vestiam túnicas de tonalidades diferentes. A partir disso e da insígnia no colarinho, Rogan soube que um deles integrava as forças armadas húngaras e o outro pertencia ao exército italiano. Esses dois não participaram do interrogatório inicialmente; eram observadores oficiais.

O chefe da equipe de interrogadores era um oficial alto e aristocrata com olhos fundos. Garantiu a Rogan que tudo o que queriam eram os códigos armazenados em sua cabeça e que, então, Rogan, sua mulher e o filho por nascer viveriam. Eles o espancaram aquele primeiro dia inteiro e Rogan permaneceu mudo. Recusou-se a responder a qualquer pergunta. Então, na noite do segundo dia, ouviu a voz de Christine gritando por socorro na sala ao lado. Ela o chamava sem parar, gritando repetidamente: "Michel! Michel!" Estava em agonia. Rogan encarou os olhos flamejantes do chefe do interrogatório e sussurrou:

— Pare com isso. Pare. Vou contar tudo.

Nos cinco dias que se seguiram, ele lhes forneceu velhas combinações de código descartadas. De alguma forma, talvez comparando-as com mensagens interceptadas, se deram conta do que ele estava fazendo. No dia seguinte, fizeram-no sentar numa cadeira e o cercaram. Não o interrogaram, não tocaram nele. O homem do uniforme italiano desapareceu na outra sala. Poucos minutos depois, Rogan ouviu sua mulher gritando de novo em agonia. A dor em sua voz era inacreditável. Rogan começou a sussurrar-lhes que contaria tudo, tudo o que quisessem saber, mas o chefe do interrogatório sacudiu a cabeça. Ficaram sentados todos em silêncio enquanto os gritos atravessavam as paredes e os cérebros, até que Rogan escorregou da cadeira para o chão, chorando, quase inconsciente de dor. Então o arrastaram pelo chão até a sala da alta cúpula e o aposento seguinte. O interrogador de uniforme italiano estava sentado ao lado de um fonógrafo. O disco negro girava irradiando os gritos de Christine por todo o Palácio da Justiça.

— Você nunca nos enganou — disse o interrogador principal desdenhosamente. — Nós fomos mais espertos que você. Sua mulher morreu sob tortura no primeiro dia.

Rogan estudou todos os rostos cuidadosamente. Se o deixassem viver, ele os mataria um dia.

Só depois percebeu que essa era exatamente a reação que queriam. Prometeram deixá-lo viver se lhes desse os códigos corretos. E, em seu desejo de vingança, ele fez isso. Nas duas semanas que se seguiram, deu-lhes os códigos e explicou como funcionavam. Foi mandado de volta para sua cela solitária pelo que pareceu muitos meses. Uma vez por semana era escoltado até a sala da alta cúpula e interrogado pelos sete homens, o que ele veio a perceber que era um procedimento de pura rotina. Rogan não tinha meios de saber que durante aqueles meses os exércitos Aliados haviam varrido o território francês, invadido a Alemanha e estavam agora às portas de Munique. Quando foi convocado para seu interrogatório final, não podia saber que os sete interrogadores estavam prestes a fugir e disfarçar suas identidades, desaparecer na multidão de alemães num esforço desesperado para escapar da punição por seus crimes.

— Vamos libertá-lo, vamos manter nossa promessa — disse o aristocrático chefe do interrogatório de olhos profundos. Aquela voz parecia sincera. Era a voz de um ator ou de um orador. Um dos outros homens apontou para umas roupas civis sobre as costas de uma cadeira. — Tire seus trapos e vista isso.

Descrente, Rogan mudou de roupa diante de seus olhares. Havia até um chapéu tipo diplomata, de abas largas, que um dos homens enfiou em sua cabeça. Todos sorriram para ele de um jeito amistoso. O oficial aristocrático disse, com uma voz sincera e retumbante:

— Não é uma coisa maravilhosa saber que vai ser solto?

Mas, subitamente, Rogan soube que ele estava mentindo. Havia algo errado. Só seis homens estavam na sala com ele e trocavam sorrisos secretos e maldosos. Naquele momento, Rogan sentiu o metal frio da arma tocar sua nuca. Seu chapéu inclinou-se para a frente enquanto o cano da arma erguia a aba, e Rogan sentiu o terror repugnante de um homem que vai ser morto. Era um jogo cruel, e eles o estavam matando como matariam um animal, como se aquilo fosse uma piada. E, então, um grande estrondo encheu seu cérebro, como se ele tivesse caído na água, e seu corpo foi arrancado do espaço que preenchia, explodindo num vazio negro e interminável...

Foi um milagre Rogan ter sobrevivido. Foi alvejado na nuca e seu corpo, jogado no pátio do Palácio da Justiça de Munique numa pilha de cadáveres e prisioneiros executados. Seis horas depois, destacamentos avançados do Terceiro Exército dos Estados Unidos entraram em Munique e suas unidades médicas depararam-se com a grande pilha de corpos. Quando chegaram até Rogan, encontraram-no ainda vivo. A bala tinha desviado do osso do crânio, perfurando-o, mas não penetrando no cérebro — um tipo de ferimento que não era incomum com fragmentos de granadas, mas raramente feito por armas pequenas.

Rogan foi operado num hospital de campanha avançado e mandado de volta para os Estados Unidos. Passou outros dois anos em vários hospitais do exército para tratamento especial. O ferimento havia danificado sua visão; só podia enxergar adiante com pouquíssima visão periférica. Com treinamento, sua visão melhorou o suficiente para que pudesse tirar uma carteira de motorista e levar uma vida normal. Mas passou a depender mais de sua audição do que da visão, sempre que possível. Depois de dois anos, a placa de prata colocada em seu crânio para manter unidos os ossos estraçalhados parecia uma parte natural de seu corpo. Exceto em momentos de tensão. Então parecia que todo o sangue em seu cérebro latejava contra ela.

Quando foi liberado pelos médicos, informaram a Rogan que bebidas alcoólicas seriam prejudiciais para ele, que atividade sexual em excesso lhe faria mal e que seria melhor não fumar. Garantiram-lhe que suas capacidades intelectuais não haviam sido danificadas, mas que precisaria de mais repouso do que um homem comum. Recebeu também medicação para as dores de cabeça constantes. A pressão interna do crânio aumentaria como consequência da lesão e do uso da placa.

Em suma, seu cérebro era terrivelmente vulnerável a qualquer tipo de estresse físico ou emocional. Com cautela, ele poderia viver até os 50 ou até mesmo 60 anos. Deveria obedecer às instruções, tomar regularmente sua medicação, que incluía tranquilizantes, e comparecer a um hospital dos veteranos de guerra todo mês para check-ups e mudanças na medicação. Sua memória fabulosa, garantiram a Rogan, não sofreu o menor dano. E essa foi a ironia final.

Nos dez anos que se seguiram, ele obedeceu as instruções, tomou seus medicamentos, compareceu ao hospital todo mês. Mas o que finalmente acabou sendo seu azar foi a memória mágica. À noite, quando ia para a cama, era como se um filme passasse diante dos olhos. Via os sete homens na sala da alta cúpula do Palácio da Justiça de Munique em detalhes minuciosos. Sentia a aba de seu chapéu levantada, a arma fria contra seu pescoço. Um buraco negro retumbante o engolia. E quando fechava os olhos ouvia os gritos terríveis de Christine vindos da sala ao lado.

Os dez anos que se seguiram foram um pesadelo contínuo. Quando recebeu alta do hospital, decidiu morar em Nova York. Sua mãe tinha morrido depois que ele fora dado como desaparecido em combate, e por isso não havia sentido em voltar para sua cidade natal. E Rogan achou que em Nova York poderia encontrar um meio adequado para mostrar seus talentos.

Conseguiu um emprego em uma das megaempresas de seguros. O trabalho era de simples análise estatística, mas para sua surpresa verificou que estava além de sua capacidade; não conseguia se concentrar. Foi demitido por incompetência, uma humilhação que lhe fez mal física e mentalmente. Também aumentou sua desconfiança nos seres humanos. Como ousavam demiti-lo, depois que a cabeça dele fora estourada enquanto ele protegia suas peles durante a guerra?

Empregou-se como funcionário do governo no edifício da Administração dos Veteranos em Nova York. Recebeu um grau G.S.-3, que lhe pagava 60 dólares por semana, e pediram-lhe que cuidasse das tarefas mais simples relativas ao preenchimento de formulários e classificação. Milhões de novas fichas estavam sendo feitas para os novos veteranos da Segunda Guerra Mundial e foi isso o que o levou a pensar em computadores. Mas só dois anos depois seu cérebro conseguiu elaborar as complicadas fórmulas matemáticas que tais sistemas de computação requeriam. Levava uma existência insípida na grande cidade. Seus 60 dólares semanais mal davam para cobrir as despesas necessárias, como o pequeno apartamento nos arredores de Greenwich Village, comidas congeladas e uísque. Precisava do uísque para se embriagar o suficiente e não sonhar ao dormir.

Depois de passar todo o dia preenchendo documentos monótonos, voltava para o pequeno apartamento e esquentava comidas congeladas até virarem uma papa insossa. Então bebia meia garrafa de uísque e caía num sono embriagado em sua cama amarfanhada, às vezes sem sequer tirar a roupa. E, ainda assim, os pesadelos vinham. Mas eles não eram muito piores do que fora a realidade.

No Palácio da Justiça de Munique, despiram-no de sua dignidade. Haviam feito o que os garotos tinham ameaçado fazer com ele aos 13 anos, mas o equivalente adulto, algo pior do que tirar as calças e pendurá-las no poste. Tinham misturado laxantes a sua comida e aquilo, junto ao medo e à papa rala que chamavam de mingau de aveia no café da manhã e o ensopado à noite, deixava seus intestinos incontroláveis; a comida escoava de seu corpo. Quando era arrastado de sua cela para o interrogatório diário à longa mesa, ele podia sentir o fundo das calças pegajoso contra as nádegas. Podia sentir o fedor. Pior ainda, podia ver os risos cruéis nos rostos de seus interrogadores e sentia-se envergonhado como um menino. E, de certo modo, aquilo o tornava mais próximo dos sete homens que o torturavam.

Agora, anos depois, sozinho em seu apartamento, ele reviveria as indignidades físicas. Era inibido e não saía do apartamento para encontrar pessoas, nem aceitava convites para festas. Conheceu uma garota que trabalhava como funcionária no edifício da Administração dos Veteranos e, com tremenda força de vontade, correspondeu ao óbvio interesse dela. A moça veio a seu apartamento para um drinque e um jantar, e deixou claro que estava disposta a ficar para passar a noite. Mas quando Rogan foi para a cama com ela não conseguiu consumar o ato.

Foi algumas semanas depois disso que seu superintendente o chamou a sua sala pessoal. O supervisor era um veterano da Segunda Guerra Mundial que achava que seu trabalho de supervisionar trinta funcionários de arquivos provava que ele era mentalmente superior aos homens sob seu comando. Tentando ser gentil com Rogan, ele disse:

— Talvez esse trabalho seja um pouco difícil demais para você no momento; talvez devesse fazer algum tipo de trabalho físico, como operar o elevador. Entende o que quero dizer?

O simples fato de que era um gesto bem-intencionado tornou-o ainda mais amargo para Rogan. Como um veterano incapacitado, ele tinha o direito de pedir desligamento. O oficial de pessoal o aconselhou a não fazer aquilo.

— Podemos simplesmente provar que você não é qualificado o bastante para fazer esse trabalho — disse a Rogan. — Temos seu histórico no serviço público e ele mal chega a qualificá-lo. Por isso, acho que seria melhor para você aceitar o desligamento médico. Aí, talvez, se frequentar uma escola noturna, poderá se sair um pouco melhor. Rogan ficou tão atônito que explodiu numa gargalhada. Raciocinou que uma parte da sua ficha deveria estar desaparecida ou que essas pessoas achavam que ele tinha forjado suas informações. É isso, pensou, ao vê-los sorrindo para ele. Pensavam que ele havia falsificado tudo em suas fichas. Rogan riu de novo e saiu da sala do departamento pessoal, saiu do edifício e do emprego insosso e insultante que não conseguia sequer desempenhar seu trabalho direito. Nunca mais voltou e, um mês depois, recebeu seu desligamento do emprego pelo correio. Ficou reduzido a viver de sua pensão de deficiente, na qual nunca havia tocado.

Tendo mais tempo livre, começou a beber mais. Alugou um quarto no Bowery e tornou-se um dos incontáveis vagabundos que passavam o dia bebendo vinho barato até perder a consciência. Dois meses depois, estava de volta à Administração dos Veteranos como paciente, não pelo ferimento na cabeça. Sofria de desnutrição e estava tão perigosamente debilitado que um resfriado comum poderia acabar com ele.

Foi no hospital que reencontrou por acaso um de seus amigos de infância, Philip Houke, que estava tratando uma úlcera. Foi Houke, agora advogado, quem conseguiu para Rogan seu primeiro emprego com computadores. Foi Houke quem trouxe Rogan de volta a algum contato com a humanidade, lembrando-o de sua antiga inteligência.

Mas foi uma jornada longa e difícil. Rogan ficou seis meses no hospital, os três primeiros para se "desintoxicar". Nos últimos três meses, submeteu-se a novos exames em sua grande ferida no crânio, além de testes especiais de fadiga mental. Pela primeira vez, um diagnóstico completo e correto foi feito: o cérebro de Michael Rogan retinha sua capacidade de memória quase super-humana e algo de seu brilho criativo. Mas não podia suportar o uso ininterrupto ou o estresse prolongado sem ser ofuscado pela fadiga. Nunca seria capaz de aguentar as longas horas de concentração intensa que a pesquisa criativa exigia. Até mesmo tarefas simples que requeriam longas horas consecutivas de trabalho estavam agora fora de questão.

Em vez de se abalar com as notícias, Michael Rogan ficou satisfeito por saber, afinal, qual era exatamente o seu estado. Ficou também aliviado de sua culpa, pois não era mais responsável por um "tesouro para a humanidade". Quando Philip Houke arranjou-lhe um emprego em uma das novas empresas de computadores, Rogan verificou que inconscientemente sua cabeça vinha trabalhando na montagem de computadores desde que era funcionário nos arquivos da Administração dos Veteranos. Assim, em menos de um ano, tinha resolvido muitos dos problemas técnicos nessa área graças ao seu conhecimento de matemática. Houke exigiu que Rogan se tornasse sócio na firma e ele passou a ser seu consultor financeiro. Nos poucos anos seguintes, a firma de Rogan tornou-se uma das dez maiores do país. Então, abriu seu capital e suas ações triplicaram de valor em um ano. Rogan ficou conhecido como o gênio do setor e pediram sua consultoria sobre procedimentos administrativos quando diferentes setores se fundiram e formaram o Departamento de Defesa. Tornou-se também um milionário. Dez anos depois da guerra, ele era um homem bem-sucedido, apesar do fato de que não podia trabalhar mais de uma hora por dia.

Philip Houke tomava conta de todos os seus negócios e tornou-se seu melhor amigo. A mulher de Houke tentou fazer com que Rogan se interessasse por suas amigas solteiras, mas nenhum dos namoros chegou a se tornar sério. Sua memória fabulosa ainda trabalhava contra ele. Em noites ruins, ele continuava a ouvir Christine gritando no Palácio da Justiça de Munique. E sentia de novo a umidade pegajosa em suas nádegas enquanto os sete interrogadores o observavam com seus sorrisos desdenhosos. Nunca poderia começar uma nova vida, pensou, não com outra mulher.

Durante aqueles anos, Rogan acompanhou todos os julgamentos de criminosos de guerra na Alemanha do pósguerra. Fez uma assinatura de um serviço de clipping e, quando começou a ganhar dividendos de seus royalties, contratou uma agência de detetives particulares em Berlim para mandar-lhe fotografias de todos os acusados de crimes de guerra, por mais baixa que fosse a patente deles. Parecia uma tarefa impossível encontrar sete homens cujos nomes ele não conhecia e que estavam certamente fazendo todo o esforço para ficarem escondidos entre os milhões de europeus.

Sua primeira oportunidade surgiu quando a agência de detetives lhe enviou a fotografia de um funcionário municipal austríaco de ar honesto, com a legenda: "Albert Moltke absolvido. Conserva sua posição eleitoral, apesar de antigas ligações nazistas." O rosto era de um dos sete homens que ele procurava.

Rogan nunca havia se perdoado pelo descuido de transmitir mensagens radiofônicas no Dia-D, o descuido que levara à descoberta e destruição de seu grupo clandestino. Mas aprendera com a lição. Agora ele procedia com cautela e o máximo de precisão. Aumentou seu pagamento à firma de detetives na Alemanha e instruiu-a a manter Albert Moltke sob rigorosa vigilância durante um ano. No fim daquele período, conseguiu mais três fotografias, com os nomes e endereços; dossiês dos homens que tinham assassinado sua mulher e o haviam torturado. Um deles era Karl Pfann, que estava envolvido no ramo de exportação e importação em Hamburgo. Os outros dois eram irmãos, Eric e Hans Freisling, donos de uma oficina mecânica e um posto de gasolina em Berlim Ocidental. Rogan decidiu que havia chegado a hora.

Preparou tudo com muito cuidado. Tratou de tudo para que sua empresa o indicasse como representante de vendas, com cartas de apresentação para firmas de informática na Alemanha e na Áustria. Não tinha medo de ser reconhecido. Seu ferimento terrível e seus anos de sofrimento haviam mudado muito sua aparência; além do mais, era um homem morto. Até onde seus interrogadores sabiam, eles tinham matado o capitão Michael Rogan.

Ele pegou um avião para Viena a fim de instalar sua base de operações lá. Hospedou-se no hotel Sacher, desfrutou de um belo jantar, com a renomada *Sachertorte* como sobremesa, e degustou conhaque no famoso Bar Vermelho Depois deu uma caminhada pelas ruas obscuras ouvindo o som de cítaras que emanava dos cafés. Caminhou por muito tempo, até ficar relaxado o suficiente para voltar a seu quarto e dormir.

Nas duas semanas seguintes, Rogan foi convidado por austríacos amigáveis que conheceu em duas empresas de informática para duas festas importantes em Viena. Finalmente, num baile municipal, ao qual os burocratas da cidade tinham de comparecer, encontrou-se com Albert Moltke. Ficou surpreso ao ver o quanto o homem havia mudado. O rosto se tornou mais jovial com boa vida e boa comida. O cabelo ficara de um grisalho prateado. Toda a atitude de seu corpo sugeria a cortesia superficial do político. Estava de braço dado com a esposa, uma mulher esbelta, com ar alegre, obviamente muito mais jovem que ele e muito apaixonada. Quando notou que Rogan o observava, Moltke curvou-se educadamente, como quem diz: "Sim, obrigado por ter votado em mim. Lembro-me bem de você, claro. Venha visitar-me em meu escritório quando quiser." Foi o gesto de um expert da política. Não admira que tenha se safado quando foi julgado como criminoso de guerra, pensou Rogan. E sentiu algum prazer ao saber que foi a absolvição e a resultante fotografia nos jornais que haviam sentenciado Albert Moltke à morte.

Albert Moltke fez uma reverência para o estranho, embora seus pés doessem atrozmente e desejasse de todo coração estar de volta a sua própria lareira tomando café preto e comendo *Sachertorte*. Essas festas eram uma chatice, mas, afinal, o *Partei* tinha de levantar fundos para as eleições de algum modo. E ele devia retribuir aos colegas depois de o apoiarem durante os últimos tempos tumultuados.

Moltke sentiu sua mulher apertar seu braço e curvou-se novamente para o estranho, pensando vagamente que era alguém importante, alguém de quem deveria se lembrar com mais clareza.

Sim, o *Partei* e sua querida Ursula tinham juntado forças quando ele fora acusado de ser criminoso de guerra. Depois da absolvição, o julgamento acabou se tornando seu melhor amuleto. Ganhou a eleição para uma das assembleias locais, e seu futuro político, embora limitado, estava garantido. Seria uma vida mansa. Mas um pensamento perturbador se insinuava, como sempre. E se o *Partei* e Ursula achassem que as acusações eram verdadeiras? Sua mulher ainda o amaria? Ela o deixaria se soubesse a verdade? Não, ela jamais poderia acreditar que ele fosse capaz de tais crimes, quaisquer que fossem as provas. Ele mal poderia acreditar que aquilo fosse possível. Tinha sido um homem diferente na época, mais duro, mais frio, mais forte. Naqueles tempos, era preciso ser assim para sobreviver. E no entanto... no entanto... como seria possível? Quando aconchegava seus filhos na cama, suas mãos às vezes hesitavam ao tocá-los. Aquelas mãos não podiam tocar em tal inocência. Mas o júri o havia libertado. Eles o absolveram depois de examinar todas as provas, e ele não poderia ser julgado de novo. Ele, Albert Moltke, era inocente para sempre, segundo a lei. E no entanto... no entanto...

O estranho aproximava-se dele. Um homem alto e forte com uma cabeça de formato esquisito. Belo, de uma maneira germânica sombria. Mas Albert Moltke notou o terno bem-cortado. Não, este homem era americano, obviamente. Moltke havia encontrado muitos deles desde a guerra, nas transações de negócios. Sorriu para seu gesto de simpatia e virou-se para apresentar sua mulher, mas ela havia se afastado alguns passos e falava com outra pessoa. E, então, o americano se apresentou. Seu nome era algo parecido com Rogar e isso também era vagamente familiar a Moltke.

— Congratulações por sua promoção ao Recordat. E também por sua absolvição algum tempo atrás.

Moltke deu-lhe um sorriso cortês. Recitou seu discurso padrão:

— Um júri patriótico fez o seu dever e decidiu, felizmente para mim, em favor de um compatriota alemão inocente.

Conversaram um pouco. O americano sugeriu que poderia precisar de alguma assistência legal para instalar sua empresa de computadores. Moltke mostrou-se interessado. Sabia que o americano realmente desejava passar por cima de alguns impostos municipais. Sabendo por experiência própria que isso poderia torná-lo rico, pegou o americano pelo braço e disse:

— Por que não vamos respirar um pouco de ar fresco, dar uma pequena caminhada?

O americano sorriu e acenou com a cabeça. A mulher de Moltke não os viu sair. Quando caminhavam pelas ruas da cidade, o americano perguntou casualmente:

— Não está lembrado do meu rosto?

Moltke fez uma careta e disse:

— Meu caro senhor, parece-me familiar, mas encontro tanta gente, afinal.

Estava um pouco impaciente, desejava que o americano falasse logo de negócios.

Com um ligeiro ar de preocupação, Moltke percebeu que estavam caminhando por uma viela deserta. O americano, então, inclinou-se mais perto de seu ouvido e sussurrou algo que quase fez seu coração parar de bater.

— Está lembrado do *Rosenmontag*, 1945? Em Munique? No Palácio da Justiça?

E, então, Moltke lembrou-se do rosto e não ficou surpreso quando o americano disse:

— Meu nome é Rogan.

Com o medo que o inundou, veio uma vergonha incontrolável, como se pela primeira vez acreditasse em sua própria culpa.

Rogan viu o reconhecimento nos olhos de Moltke. Empurrou o homenzinho mais para o fundo da viela, sentindo que o corpo de Moltke tremia sob seu braço.

— Não vou machucá-lo — disse. — Só quero informação sobre os outros homens, seus camaradas. Conheço Karl Pfann e os irmãos Freisling. Quais eram os nomes dos outros três e onde posso encontrá-los?

Moltke ficou aterrorizado. Começou a correr pela viela desajeitadamente. Rogan correu a seu lado, apertando o passo com facilidade, como se os dois estivessem fazendo cooper juntos. Aproximando-se do lado esquerdo do austríaco, Rogan puxou a pistola Walther do coldre do ombro. Ainda correndo, colocou o silenciador no cano. Não sentiu pena alguma, não pensou em nenhuma misericórdia. Os pecados de Moltke estavam gravados em seu cérebro, registrados mil vezes em sua memória. Foi Moltke quem sorriu enquanto Christine gritava na sala ao lado, e foi ele quem murmurou: "Vamos lá, não queira ser um herói à custa da coitada de sua mulher. Não quer que seu filho nasça?" Tão sensato, tão persuasivo, quando sabia que Christine já estava morta. Moltke foi o melhorzinho deles, mas suas lembranças tinham de morrer. Rogan disparou dois tiros na lateral do corpo de Moltke, que tombou para a frente, e Rogan continuou correndo para fora da viela até a rua principal. No dia seguinte, pegou um avião para Hamburgo.

Lá foi fácil descobrir Karl Pfann. Ele havia sido o mais brutal dos interrogadores, tendo se portado de uma maneira tão animal que Rogan o desprezava menos do que os outros. Pfann agira de acordo com sua verdadeira natureza. Era um homem simples, estúpido e cruel. Rogan o havia matado com menos ódio do que matara Moltke. Acontecera exatamente como planejado. O que não tinha saído como o plano fora o fato de Rogan conhecer a garota alemã Rosalie, com sua fragrância de flores, sua curiosa ausência de emoção e sua inocência amoral.

Deitado agora ao lado dela em seu quarto de hotel em Hamburgo, Rogan passou as mãos levemente sobre seu corpo. Contou-lhe tudo, seguro de que ela não o trairia ou na esperança de que o fizesse e assim encerrasse sua missão assassina.

— Ainda gosta de mim? — perguntou ele.

Rosalie assentiu com a cabeça. Colocou a mão dele sobre seu seio.

— Deixe-me ajudá-lo — pediu. — Não ligo para ninguém. Não me importo que morram. Mas me importo com você, um pouco. Leve-me para Berlim e farei tudo o que quiser que eu faça.

Rogan sabia que ela falava sério, cada palavra. Olhou em seus olhos e ficou perturbado pela inocência infantil que viu neles. O vazio emocional, como se assassinar e fazer amor fossem, para ela, igualmente permissíveis.

Decidiu levá-la consigo. Gostava de tê-la por perto e ela seria uma grande ajuda. Além do mais, não parecia haver nada ou ninguém mais importante para ela. E ele nunca a envolveria em suas execuções.

No dia seguinte, levou-a às compras na Esplanade e nas arcadas do Baseler Hospitz. Comprou para ela dois novos *tailleurs* que realçavam a pele rosa pálida e o azul dos olhos. Voltaram ao hotel, fizeram as malas e, depois do jantar, pegaram o voo noturno para Berlim.

CAPÍTULO 4

Vários meses depois que a guerra terminou, Rogan foi mandado de avião de seu hospital da Administração dos Veteranos nos Estados Unidos para o quartel-general da Inteligência americana em Berlim. Lá, pediram que examinasse alguns suspeitos de crimes de guerra para ver se algum deles fazia parte do grupo de homens que o haviam torturado no Palácio da Justiça de Munique. Seu caso foi fichado sob o nº A23.486 nos arquivos da Comissão Aliada de Crimes de Guerra. Entre os suspeitos, não havia nenhum dos homens dos quais se lembrava tão claramente. Não conseguiu identificar ninguém e foi mandado de volta de avião para o hospital da Administração dos Veteranos. Mas passou alguns dias vagando pela cidade, os destroços de incontáveis casas dando-lhe um pouco de satisfação selvagem.

A grande cidade havia mudado desde aqueles anos. As autoridades de Berlim Ocidental tinham desistido de tentar limpar os 70 milhões de toneladas de escombros que os bombardeiros aliados criaram durante a guerra. Haviam empurrado os destroços, formando pequenos morros artificiais, e plantado flores e pequenos arbustos neles. Tinham usado os detritos para preencher os alicerces de novos edifícios residenciais construídos em um estilo mais moderno para aproveitar melhor o espaço. Berlim era agora um imenso labirinto cinzento de pedra e à noite abrigava as mais torpes redes de vício geradas pela devastada Europa do pós-guerra.

Com Rosalie, Rogan hospedou-se no hotel Kempinski, na esquina da Kurfürstendamm e da Fasenenstrasse, talvez o mais elegante da Alemanha Ocidental. Deu, então, alguns telefonemas para firmas com as quais sua empresa tinha negócios e marcou um encontro com a agência de detetives particulares que estava em sua folha de pagamentos nos últimos cinco anos.

Para seu primeiro almoço em Berlim, levou Rosalie a um restaurante chamado Ritz, que servia a melhor comida oriental. Notou com satisfação que ela comeu uma imensa quantidade de comida com enorme prazer. Pediram sopa de ninho de andorinha, que parecia um emaranhado de miolos vegetais manchados com sangue enegrecido. O prato favorito dela foi uma combinação de pedaços vermelhos de lagosta, nacos brancos de carne de porco e iscas marrons de bife temperadas com noz moscada, mas também achou deliciosas as costelas na brasa e a galinha com ervilhas tenras. Ela provou o camarão com molho de soja e aprovou com um aceno de cabeça. Tudo isso foi acompanhado por várias porções de arroz frito e inúmeras taças de chá quente. Foi um grande almoço, mas Rosalie devorou-o sem nenhum esforço. Acabara de descobrir que havia no mundo outra comida além de pão, carne e batatas. Rogan, sorrindo diante do prazer dela, observou-a terminar o que havia sobrado nas bandejas cobertas de prata.

À tarde, foram fazer compras na Kurfürstendamm, cujas vitrines brilhantemente iluminadas se estendiam até fachadas cinzentas de lojas vazias à medida que o bulevar se aproximava do Muro de Berlim. Rogan comprou para Rosalie um caro relógio de pulso com uma sutil cobertura de pedras preciosas que deslizava e se abria quando a dona queria saber as horas. Rosalie deu um gritinho de prazer, e Rogan pensou perversamente que, se o caminho para o coração de um homem era através de seu estômago, o caminho para o coração de uma mulher eram os presentes. Mas quando ela se inclinou para beijá-lo, quando ele sentiu a boca suave e trêmula sobre seus lábios, o cinismo desapareceu.

Naquela noite, ele a levou ao Eldorado Club, no qual os garçons vestiam-se como garotas e elas, como homens. Daí foram para o Cherchelle Femme, onde jovens bonitas desnudavam-se no palco tão casualmente como se estivessem nos próprios quartos, com contorções íntimas e esfregações vulgares. Finalmente as garotas dançavam diante de imensos espelhos vestindo apenas longas meias-calças pretas e picantes quepes vermelhos. Rogan e Rosalie acabaram no Badewanne, na Nürnburg Strasse. Tomaram champanhe e comeram pequenas salsichas brancas e grossas servidas em grandes bandejas, usando os dedos e limpando as mãos na toalha de mesa, como todos os demais.

Quando voltaram à suíte do hotel, Rogan estava quase doente de desejo. Queria fazer amor imediatamente, mas Rosalie, rindo, o repeliu e desapareceu no quarto. Frustrado, Rogan tirou o paletó, a gravata e começou a preparar um drinque no pequeno bar que fazia parte da suíte. Em poucos minutos, ouviu Rosalie chamar "Michael" com sua voz suave, quase adolescente. Virou-se para ela.

Em sua cabeça loura pousava o novo chapéu que ele lhe dera de presente, uma criação adorável com fitas verdes. Suas pernas estavam cobertas por meias arrastão pretas que chegavam quase ao alto das coxas. Entre o chapéu verde e as meias pretas havia Rosalie, nua. Ela caminhou até ele lentamente, com aquele sorriso marcadamente feliz de uma mulher tomada pela paixão.

Rogan estendeu os braços para pegá-la. Ela se esquivou, e ele a acompanhou pelo quarto, tirando apressadamente o resto de suas roupas. Quando estendeu os braços para ela dessa vez, Rosalie não se afastou. E de repente estavam na cama gigante e ele podia sentir a fragrância de rosas do corpo dela, sentir sua pele de pétalas aveludadas enquanto mergulhavam juntos num ato de amor que abafava os roucos ruídos noturnos de Berlim, os gritos lamuriosos dos animais aprisionados no *Tiergarten* pouco abaixo de suas janelas e as imagens fantasmagóricas de assassinato e vingança que atormentavam o cérebro vulnerável de Rogan.

CAPÍTULO 5

Rogan queria que seu primeiro contato com os irmãos Freisling fosse casual. No dia seguinte, alugou uma Mercedes, rodou com ela até o posto de gasolina dos irmãos e mandou checarem o carro. Foi atendido por Hans Freisling e, quando Rogan entrou no escritório para pagar a conta, Eric estava lá, numa poltrona de couro, verificando as contas da estocagem de combustível.

Os irmãos tinham envelhecido bem, talvez porque eram pouco atraentes na juventude. A idade havia estreitado suas bocas frouxas e maliciosas, seus lábios já não eram mais tão grossos. Ficaram mais elegantes nas roupas e menos vulgares na fala. Mas não tinham mudado em sua criminalidade, embora agora fossem pequenos furtos em vez de assassinato.

A Mercedes fora avaliada naquele dia pela agência locadora e estava em perfeitas condições. Mas Hans Freisling cobrou 20 marcos por pequenos ajustes mecânicos e disse que a correia do ventilador teria de ser trocada. Rogan sorriu e pediu-lhe que a trocasse. Enquanto isso era feito, conversou com Eric e mencionou que era do ramo de fabricação de computadores e ficaria algum tempo em Berlim. Fingiu não notar o interesse maldoso de cobiça no rosto de Eric Freisling. Quando Hans entrou para dizer que a peça fora trocada, Rogan deu-lhe uma gorjeta generosa e partiu. Depois de estacionar diante do hotel, abriu o capô e verificou. A correia era a mesma.

Rogan decidiu visitar o posto de gasolina de tempos em tempos com a Mercedes. Os dois Freisling, além de o roubarem na gasolina e no óleo, demonstravam uma cordialidade extraordinária. Tinham segundas intenções com ele, Rogan sabia, e se perguntava quais seriam. Certamente o consideravam um otário. Mas ele tinha planos para os dois também. Antes de matá-los, porém, precisaria arrancar deles a identidade e o paradeiro dos outros três, especialmente do interrogador principal. Enquanto isso, não queria parecer ansioso e afugentá-los. Soltava o dinheiro como uma isca e esperava que os Freisling dessem o primeiro passo.

No fim de semana seguinte, a recepção do hotel ligou cedo no domingo para informar-lhe que dois homens desejavam subir. Rogan sorriu para Rosalie. Os irmãos tinham mordido a isca. Mas foi Rogan quem se surpreendeu. Os dois homens eram estranhos. Ou, na verdade, um deles era um estranho. O mais alto dos dois Rogan reconheceu imediatamente como Arthur Bailey, o agente do Serviço Secreto americano que havia lhe interrogado sobre sua "execução" e pedira a ele para identificar suspeitos em Berlim há mais de nove anos. Bailey examinava Rogan com olhos impassíveis enquanto mostrava sua identificação.

— Acabei de verificar a sua ficha, Sr. Rogan — disse Bailey. — Não se parece mais com suas fotografias. Não o reconheci de jeito nenhum quando o vi de novo.

— Quando foi isso? — perguntou Rogan.

— No posto de gasolina Freisling, uma semana atrás — disse Bailey. Era um tipo esguio do Meio-Oeste, seu sotaque americano tão inconfundível quanto as roupas e a postura. Rogan perguntou-se como não o tinha visto no posto de gasolina.

Bailey sorriu gentilmente para ele.

— Achamos que os Freisling são agentes da Alemanha Oriental apenas como uma ocupação secundária. São aproveitadores. Por isso, quando apareceu lá e mostrou-se amigável, nós o investigamos. Ligamos para Washington, verificamos seus vistos e tudo mais. Então me debrucei sobre sua ficha. Algo deu um clique em minha cabeça e procurei nos arquivos dos jornais. Finalmente descobri tudo. O senhor conseguiu localizar aqueles sete homens de Munique e agora veio exterminá-los. Houve Moltke em Viena e Pfann em Hamburgo. Os irmãos Freisling são os próximos em sua lista, certo?

— Estou aqui para vender computadores — disse Rogan ponderadamente. — Apenas isso.

Bailey deu de ombros.

— Não me importa o que faça, não sou responsável pelo cumprimento da lei neste país. Mas vou lhe dizer agora. Tire as mãos dos irmãos Freisling. Investi muito tempo para pegá-los e, quando o fizer, vou estourar toda uma rede de espionagem da Alemanha Oriental. Não quero que os mate e me deixe num beco sem saída.

Subitamente ficou claro por que os irmãos Freisling foram tão amistosos.

— Estão atrás dos dados em meus novos computadores? — perguntou a Bailey.

— Não ficaria surpreso se estivessem — disse ele. — Computadores, dos modelos mais recentes, são proibidos nos países vermelhos. Mas não me preocupo com isso. Sei o que quer dar a eles. E o estou avisando: se fizer isso, terá em mim um inimigo.

Rogan encarou-o friamente.

— Não sei do que está falando, mas deixe-me dar-lhe um conselho. Não atravesse o meu caminho se não quiser ser atropelado. E não há absolutamente nada que possa fazer contra mim. Tenho ligações diretas até com o Pentágono. Meus novos computadores são mais importantes para eles que qualquer porcaria que você possa ter em seu kit de espião barato.

Bailey lançou-lhe um olhar pensativo e disse:

— Certo, não podemos atingi-lo, mas o que me diz de sua namorada? — Virou a cabeça na direção de Rosalie, sentada no sofá. — Com toda a certeza podemos causar-lhe alguns problemas. Na verdade, basta um telefonema e você não a verá mais.

— De que diabos está falando?

O rosto magro e anguloso de Bailey assumiu uma expressão de falsa surpresa.

— Ela não lhe contou? Há seis meses ela escapou de um hospital para doentes mentais no Mar do Norte. Foi internada em 1950 por esquizofrenia. As autoridades ainda estão a sua procura, embora não com muito afinco.

Um telefonema e a polícia virá apanhá-la. Lembre-se disso, por favor. — Bailey fez uma pausa e voltou a falar lentamente. — Quando não precisarmos mais daqueles dois sujeitos, nós lhe diremos. Por que não os deixa de lado e vai atrás dos outros que ainda estão à solta?

— Porque não sei quem são os outros três. Estou contando com que os irmãos Freisling me digam.

Bailey sacudiu a cabeça.

— Nunca falarão, a não ser que você os convença de que vale a pena, e eles são duros. É melhor deixá-los conosco.

— Não — disse Rogan. — Tenho um método infalível. Eu os farei falar. E depois os deixo para vocês.

— Não minta, Sr. Rogan. Eu sei como vai deixá-los. — Estendeu a mão para cumprimentá-lo. — Cumpri meu dever oficial, mas, depois de ler sua ficha, desejo-lhe boa sorte. Tome cuidado com aqueles irmãos Freisling, são uma dupla de bastardos traiçoeiros.

Quando Bailey e seu parceiro silencioso haviam fechado a porta atrás de si, Rogan virou-se para Rosalie.

— É verdade o que disseram sobre você?

Rosalie sentou-se ereta, as mãos dobradas sobre o colo. Seus olhos fitaram firmemente os de Rogan.

— Sim — disse ela.

Não saíram naquela noite. Rogan pediu que trouxessem comida e champanhe ao quarto e, depois que terminaram, foram para a cama. Rosalie aninhou sua cabeça dourada no braço dele e deu umas tragadas em seu cigarro.

— Quer que eu conte para você? — perguntou ela.

— Se quiser — disse Rogan. — Não faz realmente muita diferença, você sabe... sua doença.
— Estou bem agora — disse ela.
Rogan beijou-a suavemente.
— Eu sei.
— Quero contar. Talvez não me ame mais depois, mas quero contar.
— Não importa — insistiu Rogan. — Realmente não faz diferença.
Rosalie estendeu a mão e apagou a lâmpada da mesinha de cabeceira. Podia falar mais livremente no escuro.

CAPÍTULO 6

Ela chorou muito naquele dia terrível na primavera de 1945. O mundo tinha chegado ao fim quando ela era apenas uma donzela de 14 anos que sonhava acordada. O grande dragão da guerra a arrebatara.

Deixou sua casa cedo naquela manhã para trabalhar no pequeno horto arrendado pela família nos arredores de sua cidade natal de Bublingshausen, no estado alemão de Hesse. Mais tarde, enquanto escavava a terra negra, uma grande sombra caiu sobre a paisagem. Ergueu os olhos e viu uma vasta esquadra de aviões ofuscando o sol e ouviu o trovão de suas bombas caindo sobre as fábricas de proditos ópticos de Wetzlar. Então, as bombas, transbordando como a água transborda de um copo, inundaram sua inofensiva cidadezinha medieval. A garota, terrivelmente assustada, afundou o rosto na terra macia e adubada enquanto o solo tremia violentamente. Quando o céu não trovejava mais e a sombra havia desanuviado o sol, ela refez seu caminho até o centro de Bublingshausen.

Estava queimando. As casas pareciam brinquedos incendiados por uma criança malvada, derretendo e virando cinzas. Rosalie correu pelas ruas floridas que conhecera por toda a vida, buscando seu caminho através dos destroços fumegantes. Era um sonho, pensou; como todas as casas que conhecia desde que nascera podiam ter sumido tão rapidamente?

Então ela entrou em uma rua que levava até sua casa, na Hintergasse, e viu uma fileira de quartos nus, camada sobre camada. E era uma surpresa que pudesse ver as casas de seus vizinhos e amigos sem quaisquer paredes protetoras — os quartos de dormir, as salas de jantar, tudo disposto a sua frente como uma peça num palco. E lá estavam o quarto de dormir de sua mãe e sua cozinha, que conhecera durante todos os seus 14 anos de vida.

Rosalie caminhou até a entrada, mas estava bloqueada por escombros. Destacando-se da vasta pilha de tijolos pulverizados, ela viu os pés calçando botas marrons e as pernas da calça xadrez de seu pai. Viu outros corpos cobertos com poeira vermelha e branca; e então viu o braço solitário apontando para o céu em muda agonia e, em um dedo acinzentado, o anel de ouro trançado que era a aliança de sua mãe.

Atordoada, Rosalie afundou nos destroços. Não sentia dor, nem luto, apenas um torpor peculiar. As horas passaram. A noite começava a chegar quando ela ouviu o ronco contínuo de aço sobre a pedra esmigalhada. Erguendo os olhos, viu uma longa fileira de tanques americanos serpenteando pelo que havia sido Bublingshausen. Atravessaram a cidade e depois houve silêncio. Então um pequeno caminhão do exército com um toldo de lona aproximou-se. Um jovem soldado americano saltou do banco do motorista.

Era louro, com o rosto saudável. Parou perto dela e disse num alemão desajeitado:

— Ei, *Liebchen*, quer vir com a gente?

Como não havia nada mais a fazer, como todo mundo que ela conhecia estava morto, e como o jardim que havia plantado naquela manhã não daria fruto em muitos meses, Rosalie subiu com o soldado no caminhão com o toldo.

Rodaram até escurecer. Então o soldado louro levou-a para a traseira do caminhão e a fez deitar-se sobre uma pilha de cobertores do exército. Ajoelhou-se ao lado dela. Abriu uma caixa verde e deu-lhe um pedaço de queijo duro e redondo e um pouco de chocolate. Depois se estendeu ao lado dela.

Ele estava quente e Rosalie sabia que, enquanto sentisse esse calor, ela nunca poderia morrer, nunca seria enterrada debaixo da fumegante pilha de tijolos destroçados onde sua mãe e seu pai estavam. Quando o jovem soldado pressionou o corpo contra o dela e ela sentiu a coluna de carne rija contra sua coxa, deixou que ele fizesse o que queria. Finalmente, ele a deixou aninhada na pilha de cobertores, foi até a frente do caminhão e começou a dirigir de novo.

Durante a noite, o caminhão parou e outros soldados subiram para deitar entre os cobertores com ela. Fingiu que dormia e também os deixou fazer o que quisessem. De manhã, o caminhão prosseguiu e, então, parou no coração de uma grande cidade em ruínas.

O ar estava mais cortante e mais frio. Rosalie percebeu a umidade do Norte, mas, embora tivesse lido frequentemente sobre Dresden nos livros escolares, não reconheceu esta terra devastada por ruínas bombardeadas como sendo a famosa cidade mercantil.

    O soldado louro ajudou-a a descer do caminhão e levou-a a um prédio cujo andar térreo ainda estava intacto. Levou-a até uma enorme sala de jantar entulhada com material militar e com um fogão negro incandescente. No canto da sala, havia uma cama com cobertores marrons. O soldado louro levou-a para a cama e mandou deitar-se.

    — Meu nome é Roy — disse. E então se deitou sobre ela.

    Rosalie passou as três semanas seguintes naquela cama. Roy fechou o espaço ao redor usando cobertores como cortinas, de modo que aquele se tornou um pequeno quarto privado. Ali, Rosalie recebeu uma interminável procissão de homens sem rosto que se enfiavam dentro dela. Não se importava com isso. Estava viva e aquecida. Não estava fria debaixo dos escombros.

    Do outro lado da cortina de cobertores, podia ouvir muitas vozes masculinas rindo, o embaralhar de cartas e o tilintar de copos e garrafas. Quando um soldado saía e outro tomava seu lugar, ela sempre acolhia o novo homem com um sorriso e braços abertos. Numa ocasião, um soldado espiou pela cortina e assobiou de admiração ao vê-la. Já estava plenamente desenvolvida aos 14 anos, quase uma mulher.

    Os soldados a trataram como uma rainha. Traziam-lhe bandejas com montes de comida que ela não provava desde antes da guerra. A comida parecia aquecer seu corpo com um desejo desenfreado. Ela era um tesouro do amor, e eles a mimavam enquanto usavam seu corpo. Uma vez o louro Roy, que a havia trazido seu caminhão, disse, preocupado:

— Ei, baby, não quer dormir um pouco? Coloco todo mundo para fora.

Mas ela sacudiu a cabeça. Enquanto seus amantes sem rosto viessem através das cortinas de cobertores, ela podia acreditar que era tudo um sonho: a carne rija, as pernas de seu pai numa calça xadrez saindo dos destroços, a mão com a aliança no dedo apontando para o céu. Aquilo nunca seria verdade.

Mas um dia outros soldados vieram, pistolas nos quadris, capacetes brancos na cabeça. Mandaram-na vestir-se e colocaram-na num caminhão cheio de outras garotas, algumas brincando, outras chorando. Rosalie deve ter desmaiado no caminhão, pois quando caiu em si estava deitada numa cama de hospital. Muito vagamente e de longe, viu um médico observando-a com atenção. Tinha um jaleco branco, mas debaixo dele havia um uniforme norte-americano.

Deitada na cama branca e fria, ouviu o médico dizer:

— Então esta é a garota que tem de tudo? Grávida, ainda por cima. Precisamos fazer um aborto. Toda aquela penicilina e a febre mataram o feto. Um bebê tão bonitinho...

Rosalie riu. Sabia que estava sonhando ao lado de sua horta nos arredores de Bublingshausen, esperando a hora de voltar a pé para casa e encontrar seu pai e sua mãe. Talvez houvesse uma carta de seu irmão que lutava no Leste contra a Rússia. Mas seu sonho estava demorando muito para acabar. Sentia-se assustada agora, o sonho era terrível demais. Começou a chorar e finalmente estava acordada de verdade...

Dois médicos estavam ao lado de sua cama de hospital: um alemão e um americano. O americano sorriu.

— Então está de volta, minha jovem, foi por pouco. Pode falar agora?

Rosalie acenou com a cabeça.

O médico continuou:

— Sabe que mandou cinquenta soldados americanos para o hospital com doença venérea? Causou mais estrago que todo um regimento alemão. Diga-me, esteve com soldados em algum outro lugar?

O médico alemão inclinou-se para traduzir. Rosalie ergueu-se apoiada em um braço, as cobertas agarradas pudicamente junto aos seios. Ela perguntou a ele em um tom grave:

— Então isto não é um sonho?

Ela viu o olhar atônito do homem. Começou a chorar.

— Quero ir para casa, para minha mãe — disse. — Quero ir para casa em Bublingshausen.

Quatro dias depois foi internada no asilo de loucos no Mar do Norte.

Na escuridão de seu quarto de hotel em Berlim, Rogan puxou-a mais para junto de si. Entendia agora seu vácuo emocional, sua aparente ausência de quaisquer valores morais.

— Está bem agora? — perguntou.

— Sim — disse ela. — Agora estou.

CAPÍTULO 7

Rogan dirigiu a Mercedes até o posto de gasolina dos Freisling no dia seguinte e pediu-lhes que fizessem algumas modificações no chassi. Especificamente, queria que o grande porta-malas na traseira fosse hermeticamente fechado. Enquanto o trabalho era feito, ele foi amistoso com os irmãos, contou-lhes sobre seu trabalho com computadores e como a empresa buscava uma oportunidade para vender suas ideias para os países do outro lado da Cortina de Ferro.

— Legalmente, é claro, somente dessa forma — disse Rogan, num tom de voz que insinuava que aquilo era apenas para constar, mas que aceitaria qualquer negócio clandestino que desse lucro.

Os irmãos sorriram maliciosamente. Entenderam. Interrogaram-no mais detalhadamente sobre seu trabalho. Perguntaram se o interessaria fazer uma visita turística a Berlim Oriental em sua companhia. Rogan ficou deleitado.

— Claro — disse ele, ansioso, e quis saber uma data específica. Mas eles sorriram e disseram: "*Langsam, langsam*. Devagar, devagar."

Várias vezes os irmãos tinham visto Rosalie com ele e haviam salivado diante de sua beleza. Certa vez, Rogan fora ao escritório pagar uma conta e, ao voltar, encontrara Eric Freisling com a cabeça dentro da Mercedes conversando animadamente com Rosalie. Quando se afastaram, Rogan perguntou a ela:

— O que ele disse?

— Queria que eu fosse para a cama com ele e espionasse você — respondeu Rosalie, impassível.

Rogan não falou nada. Quando estacionou em frente ao hotel, ela perguntou:

— Que irmão falou comigo? Como se chama?

— Eric — disse Rogan.

Rosalie sorriu para ele e disse suavemente:

— Quando você os matar, deixe-me ajudá-lo a matar Eric.

No dia seguinte, Rogan ficou ocupado fazendo suas próprias modificações na Mercedes. Passou o resto da semana dirigindo por Berlim e ruminando seus planos. Como faria os irmãos Freisling lhe darem os nomes dos três homens restantes? Um dia, passou pela imensa área de estacionamento da principal estação ferroviária de Berlim. Milhares de carros estavam parados lá. Rogan sorriu. Um cemitério perfeito.

Para construir a imagem de que era um grande gastador com gostos espúrios, o que por sua vez poderia sugerir corrupção moral. Rogan levou Rosalie para os clubes noturnos mais caros e mal-afamados, noite após noite. Sabia que os irmãos Freisling, talvez até mesmo o aparato da contrainteligência da Alemanha Oriental, estariam de olho nele.

Quando os Freisling arranjaram vistos de turista de Berlim Oriental para ele e Rosalie, esperou que o contato então fosse feito. Tinha no bolso um maço de projetos de computadores para vender. Mas nenhum contato aconteceu. Viram o *Bunker* de concreto do quartel-general onde Hitler morreu. Os russos haviam tentado explodi-lo, mas as paredes eram tão grossas, tão sólidas com cimento e aço, que foi impossível destruí-lo. Assim, esse abrigo antibombas histórico, que testemunhou o suicídio dos mais temidos loucos de todos os tempos, era agora um montículo coberto de grama no meio de um *playground*.

Passeando mais adiante pelo bairro de Hansa, pontilhado de imensos edifícios de apartamentos vanguardistas e acinzentados, foram repelidos por um dos novos recursos arquitetônicos que encontraram no complexo de prédios. Todas as tubulações para lixo, esgoto e água terminavam expostas num imensa estrutura de vidro, parecendo um ninho de malignas serpentes de aço. Rosalie estremeceu.

— Vamos voltar para casa — disse. Ela não gostava mais do novo mundo do que gostava do velho.

De volta a Berlim Ocidental, correram para seu hotel. Rogan destrancou a porta de sua suíte e abriu-a para Rosalie, dando tapinhas em suas nádegas redondas enquanto caminhavam. Seguiu-a até o quarto e ouviu o suspiro surpreso dela ao fechar a porta. Ele girou nos calcanhares.

Eles o esperavam. Os dois irmãos Freisling estavam sentados do outro lado da mesa de centro, fumando cigarros. Foi Hans quem falou:

— Herr Rogan, não fique alarmado. Deve entender que em nosso negócio precisamos tomar cuidado. Não queremos que ninguém saiba que nos contatou.

Rogan adiantou-se para apertar suas mãos. Sorriu tranquilizadoramente.

— Entendo — falou. Entendia mais. Eles tinham vindo revistar o quarto. Descobrir se ele era uma isca. Talvez encontrar e roubar os projetos, pois assim não precisariam pagar por eles. Dinheiro vivo comunista que poderiam embolsar tranquilamente. Mas não tiveram sorte e foram forçados a esperar. Os projetos estavam no bolso de seu paletó. Mais importante, os sete envelopes, além da arma e do silenciador, estavam numa pequena sacola que ele guardara seguramente no porão do hotel.

Hans Freisling sorriu. A última vez que tinha sorrido assim, seu irmão Eric se aproximava sorrateiramente por trás de Rogan para disparar uma bala em seu crânio.

— Desejamos comprar algumas de seus projetos de computador, de modo estritamente confidencial, é claro. Você está de acordo?

Rogan retribuiu o sorriso.

— Jantem comigo aqui amanhã à noite — disse ele. — Vocês entendem, preciso fazer alguns preparativos. Não guardo tudo de que preciso aqui neste quarto.

Eric Freisling sorriu maliciosamente.

— Nós entendemos — respondeu, querendo que Rogan soubesse que eles haviam revistado a suíte e também que não eram homens que se podia enganar.

Rogan encarou-o fixamente.

— Venham amanhã às 8h da noite — disse. E os acompanhou para fora do quarto.

Naquela noite, ele não pôde corresponder a Rosalie e, quando ela finalmente adormeceu, Rogan acendeu um cigarro e esperou pela chegada do pesadelo familiar. Estava no terceiro cigarro quando ele começou.

Então, em sua mente, uma cortina escura foi aberta e, ele estava no salão da alta cúpula do Palácio da Justiça de Munique. A distância, nas sombras ilimitadas do seu cérebro, sete homens assumiam suas formas eternas. Cinco deles estavam desfocados, mas dois — Eric e Hans Freisling — eram muito nítidos, muito distintos, como se estivessem debaixo de um refletor. O rosto de Eric parecia com o daquele dia fatal, a boca carnuda e flácida, os pequenos olhos negros e maldosos, o nariz grosso e, marcada em todas as suas feições, uma crueldade brutal.

O rosto de Hans Freisling era semelhante ao de Eric, mas com a esperteza substituindo a crueldade. Foi Hans quem avançou sobre o jovem prisioneiro Rogan e encorajou-o com falsa bondade. Foi Hans quem olhou diretamente nos olhos de Rogan e tranquilizou-o:

— Vista estas belas roupas — sussurrara. — Vamos libertá-lo. Os americanos estão ganhando a guerra, e um dia você poderá nos ajudar. Lembre-se de que poupamos sua vida. Troque de roupa agora. Rápido.

E então, confiante, Rogan trocou a roupa agradecido e sorriu para os sete assassinos de sua mulher. Quando Hans Freisling estendeu a mão em sinal de amizade, o jovem prisioneiro Rogan estendeu a sua para tocá-la. Só então os rostos dos cinco outros homens ficaram nítidos, com seus sorrisos furtivos e culpados. E ele pensou: "*Onde está o sétimo homem?*" Naquele momento, a aba de seu chapéu novo caiu sobre os olhos. Sentiu o metal frio do cano da arma contra a nuca. Sentiu o cabelo arrepiar de terror. E pouco antes da bala explodir em seu crânio, ouviu seu grito por misericórdia, o longo e lancinante "Ahhhhhhhh". E a última coisa que viu foi o sorriso maldoso de prazer de Hans Freisling.

Deve ter gritado alto. Rosalie acordou. Seu corpo inteiro tremia, absolutamente descontrolado. Rosalie levantou-se da cama e, usando uma toalha macia, enxugou seu rosto com álcool também. Então, banhou seu corpo inteiro com álcool. Em seguida, encheu a banheira de água quente e o fez sentar-se dentro dela. Permaneceu junto à borda de mármore enquanto ele afundava na água. Rogan sentiu seu corpo parar de tremer, a pulsação do sangue contra a placa de metal em seu cérebro diminuir.

— Onde aprendeu tudo isso? — perguntou.

Rosalie sorriu.

— Nos últimos três anos no asilo, fui usada como assistente de enfermaria. Eu já estava quase curada então. Mas precisei de três anos para criar coragem suficiente e fugir.

Rogan pegou o cigarro dela e deu uma tragada.

— Por que não a soltaram?

Ela sorriu tristemente para ele.

— Não havia ninguém responsável por mim — disse.

— Não tenho ninguém no mundo — e fez uma longa pausa —, exceto você.

O dia seguinte foi muito cheio para Rogan. Deu a Rosalie cerca de 500 dólares em marcos e mandou-a fazer compras.

Então, saiu para cumprir algumas tarefas necessárias. Verificando se não era seguido, dirigiu até os arredores de Berlim e estacionou a Mercedes. Foi até uma farmácia e comprou um pequeno funil e alguns produtos químicos. Numa loja de ferragens, comprou fiação, uma pequena tigela para misturar massa, pregos, fita adesiva e algumas ferramentas. Dirigiu a Mercedes até uma rua transversal, suas ruínas ainda não reconstruídas, e trabalhou no interior do carro durante quase três horas. Desconectou toda a fiação que fazia funcionar as lanternas de freio traseiras e correu outros fios pelo porta-malas do carro. Fez furos no porta-malas hermético e enfiou pequenos tubos de borracha nos buracos. Misturou os produtos químicos, colocou-os no pequeno funil e acoplou-o ao pedaço de tubo oco que subia do chão até o volante. Era tudo muito engenhoso e Rogan esperava que funcionasse. Deu de ombros. Se não funcionasse, teria de usar a pistola e o silenciador de novo. E isso poderia ser perigoso. Ligaria ele aos outros assassinatos quando a polícia comparasse os testes balísticos. Rogan deu de ombros de novo. Que se dane, pensou. Quando juntassem todas as provas, sua missão estaria completa.

Dirigiu de volta ao hotel e estacionou na área especial reservada para os hóspedes. Antes de subir ao quarto, pegou a mala guardada no porão. Rosalie já esperava na suíte. Não levou muito tempo para gastar o dinheiro. Desfilava no sedutor vestido parisiense que mal chegava a cobrir seus seios.

— Se isso não distrair aqueles dois miseráveis, nada vai — disse Rogan, com um exagerado sorriso malicioso. — Sabe bem o que tem a fazer esta noite?

Rosalie assentiu com a cabeça, mas ele a instruiu de novo, lenta e detalhadamente.

— Acha que eles vão lhe contar o que você quer saber? — perguntou ela.

— Acho que sim — disse Rogan, com um sorriso sinistro. — De um jeito ou de outro.

Pegou o telefone e encomendou jantar para quatro no quarto às 20 horas.

Os irmãos Freisling foram pontuais, chegaram ao mesmo tempo que o carrinho com as refeições. Rogan dispensou o garçom e, enquanto comiam, discutiam os termos de seu negócio. Quando terminaram o jantar, ele serviu quatro taças de licor *Pfefferminz*: meio conhaque, meio menta.

— Ah, minha bebida favorita — disse Hans Freisling. Rogan sorriu. Lembrava-se do bafo de licor de menta na sala de interrogatório, da garrafa que Hans carregava consigo.

Ao fechar a garrafa, Rogan deixou cair os sedativos. Fez isso rápida e habilmente; os irmãos não perceberam nada, embora olhassem diretamente para ele. Com sua desconfiança natural, esperavam que ele bebesse primeiro.

— *Prosit* — disse Rogan, e bebeu. O licor adocicado quase o fez enjoar. Os irmãos esvaziaram suas taças, e Hans lambeu os lábios avidamente. Rogan passou-lhe a garrafa. — Sirva-se — disse. — Tenho que apanhar os documentos. Com licença.

Passou por eles e foi para o quarto. No caminho, viu Hans encher sua taça e beber tudo de um gole só. Eric não estava bebendo. Mas Rosalie debruçou-se, seus seios cor de creme à mostra. Encheu o copo de Eric e deixou sua mão cair sobre o joelho dele. Eric ergueu a taça e bebeu, os olhos nos seios de Rosalie. Rogan fechou a porta do quarto atrás dele.

Abriu a mala e tirou a pistola Walther e o silenciador. Encaixou-o rapidamente no cano. Então, segurando a arma bem à vista, abriu a porta e caminhou de volta para a outra sala.

A droga no licor tinha uma ação retardada, não os deixaria inconscientes. Fora feita para neutralizar os reflexos da vítima, para que ela se movesse e reagisse muito lentamente. Assemelhava-se ao efeito do excesso de álcool sobre a coordenação motora de um homem, desequilibrando-o e, no entanto, deixando-o com a ilusão de que está melhor do que nunca. Assim, os irmãos Freisling ainda não tinham noção do que estava acontecendo a seus corpos. Quando viram a arma na mão de Rogan, saltaram de suas cadeiras, mas moviam-se em câmera lenta.

Rogan os empurrou de volta para suas poltronas. Sentou-se diante deles. Do bolso do paletó, tirou uma bala achatada, desbotada pelo tempo, e jogou-a na mesa entre eles.

— Você, Eric — disse Rogan. — Você atirou essa bala em meu crânio há dez anos. No Palácio da Justiça de Munique. Lembra-se de mim agora? Sou o companheiro de diversão por trás do qual você se esgueirou enquanto eu trocava de roupa e enquanto seu irmão Hans insistia em me dizer que eu ia ser libertado. Mudei muito. Sua bala mudou o formato de minha cabeça. Mas olhe bem. Está me reconhecendo agora?

Fez uma pausa e disse num tom sinistro:

— Voltei para acabar com nosso joguinho.

Mentalmente entorpecidos pela droga, os dois mostravam um ar de incompreensão ao olhar para Rogan. Foi Hans quem primeiro sinalizou um reconhecimento; seu rosto refletiu primeiro o choque natural, o medo e a surpresa aterrorizada. Então tentaram fugir, movendo-se como se estivessem debaixo da água. Rogan estendeu a mão e os afundou de novo em suas poltronas. Revistou-os à procura de armas. Não tinham nenhuma.

— Não tenham medo — disse Rogan, imitando deliberadamente a voz de Hans. — Não vou machucá-los. — E fez uma pausa. — Claro, vou entregá-los às autoridades, mas tudo o que quero de vocês agora é uma pequena informação. Como muito tempo atrás vocês queriam de mim. Eu cooperei na época, não foi? Sei que serão inteligentes também.

Hans respondeu primeiro, sua voz abafada com o efeito da droga, mas ainda maldosa:

— Claro que vamos cooperar, vamos contar-lhe tudo o que sabemos.

— Mas primeiro vamos fazer um trato — grunhiu Eric, taciturno.

Enquanto se mantinham sentados e quietos, os irmãos pareciam funcionar normalmente. Hans inclinou-se para a frente e disse com uma cordialidade insinuante:

— Isso mesmo. O que deseja saber e o que fará por nós se cooperarmos?

— Quero saber os nomes dos outros homens que estavam com vocês no Palácio da Justiça de Munique — afirmou Rogan em voz baixa. Quero saber o nome do torturador que matou minha mulher.

Eric inclinou-se, paralelamente a seu irmão, e disse de forma lenta e desdenhosa:

— Para que possa nos matar, como fez com Moltke e Pfann?

— Matei-os porque não quiseram me dar os outros três nomes — disse Rogan. — Ofereci-lhes uma oportunidade de viver e agora ofereço a vocês a mesma coisa.

Fez um sinal para Rosalie. Ela trouxe blocos de papel e lápis e os entregou aos irmãos.

Hans pareceu surpreso e então sorriu.

— Vou lhe dizer imediatamente. Seus nomes são...

Antes que Hans pudesse proferir outra palavra, Rogan saltou e arrebentou a boca do alemão com a coronha de sua pistola. A boca de Hans tornou-se um buraco negro do qual saíam nacos de gengiva ensanguentada e pedaços de dentes quebrados. Eric tentou defender o irmão, mas Rogan o empurrou de novo para o fundo da poltrona. Não ousava golpear Eric. Tinha medo de que só parasse quando o homem estivesse morto.

— Não quero ouvir nenhuma mentira — disse Rogan.

— E para garantir que não mintam para mim, cada um de vocês, separadamente, vai escrever os nomes dos outros três homens que estavam lá. Vão também anotar onde cada um mora. Estou especialmente interessado no interrogador principal. Também quero saber quem foi o homem que matou minha mulher. Quando terminarem, vou comparar suas listas separadamente. Se ambas tiverem os mesmos nomes, vocês não morrem. Se a informação não conferir, se fizerem listas com nomes diferentes, morrem na hora. Este é o trato. Só depende de vocês.

Hans Freisling estava engasgado, mordendo pedaços de dentes quebrados e de gengiva em sua boca estraçalhada. Não conseguia falar. Eric fez a pergunta final:

— Se cooperarmos, o que fará conosco?

Rogan tentou parecer tão franco e sincero quanto possível:

— Se os dois escreverem a mesma informação, não os matarei. Mas vou denunciá-los como criminosos de guerra e entregá-los às autoridades competentes. Serão submetidos a julgamento e terão suas oportunidades.

Divertiu-se com os olhares secretos que trocavam e sabia exatamente o que estavam pensando. Ainda que fossem presos e julgados, ainda que fossem condenados, poderiam apelar e ser soltos sob fiança. Achavam que poderiam se bandear para a Alemanha Oriental e zombar da Justiça. Rogan, fingindo não notar a troca de olhares, arrancou Hans de sua poltrona e o mudou para a outra extremidade da mesa de centro, para que nenhum dos dois pudesse ver o que o outro escrevia.

— Mexam-se — disse. — E é melhor que façam direitinho. Senão vão morrer os dois aqui, nesta sala, esta noite. — E apontou a pistola Walther para a cabeça de Eric enquanto ficava de olho em Hans. Com o silenciador acoplado, a pistola era uma arma assustadora.

Os irmãos começaram a escrever. Prejudicados pela droga, escreveram com dificuldade, e pareceu um longo tempo até que Eric e depois Hans terminassem. Rosalie, que estava sentada diante da mesa de centro entre eles para garantir que não trocassem sinais, pegou seus blocos para entregá-los a Rogan. Ele sacudiu a cabeça.

— Leia para mim — disse. Mantinha a pistola apontada para a cabeça de Eric. Já havia decidido matá-lo primeiro.

Rosalie leu em voz alta a lista de Eric:

— Nosso oficial-comandante era Klaus von Osteen. Hoje é juiz superior nos tribunais de Munique. Os outros eram dois observadores. O homem do exército húngaro era Wenta Pajerski. Hoje é chefe do Partido Vermelho em Budapeste. O terceiro homem era Genco Bari. Um observador do exército italiano. Ele mora na Sicília.

Rosalie fez uma pausa. Trocou os blocos para ler o que Hans tinha escrito. Rogan prendeu a respiração.

— Klaus von Osteen era o oficial-comandante. Foi ele quem matou sua mulher.

Rosalie fez uma pausa diante do olhar de angústia que passou pelo rosto de Rogan. Continuou, então, a leitura.

As informações conferiam, os dois irmãos haviam anotado essencialmente os mesmos dados, os mesmos nomes, embora só Hans tivesse nomeado o assassino de Christine. E quando Rogan comparou os dois blocos percebeu que Eric dera o mínimo de informação, enquanto Hans incluíra detalhes extras, como o fato de que Genco Bari era membro da Máfia, provavelmente um homem importante na organização. Rogan, porém, teve a sensação de que os irmãos haviam omitido algo que ele deveria saber. Estavam trocando olhares furtivos de congratulação.

Novamente Rogan fingiu não notar.

— Certo — disse. — Vocês fizeram a coisa sensata, por isso vou manter minha parte do trato. Agora devo entregá-los à polícia. Deixaremos esta sala juntos e iremos pelas escadas dos fundos. Lembrem-se, não tentem correr.

Estarei bem atrás de vocês. Se reconhecerem alguém quando sairmos, não tentem fazer nenhum sinal.

Os dois homens pareciam não se importar; Eric ria de Rogan abertamente. Ele era um imbecil, pensavam. Será que o *Amerikaner* não percebia que a polícia os soltaria imediatamente?

Rogan parecia franco e taciturno.

— Tem outra coisa — disse. — Lá embaixo vou colocá-los no porta-malas do meu carro.

Viu o medo no rosto deles.

— Não se assustem e não se exaltem. Como posso controlar vocês se tenho de dirigir o carro? — perguntou sensatamente. — Como posso ocultá-los de amigos que talvez estejam à sua espera lá fora quando eu sair do estacionamento?

— Deixamos o porta-malas hermeticamente selado — vociferou Eric. — Vamos sufocar. Você pretende nos matar de qualquer jeito.

— Fiz furos especiais para respiração no porta-malas depois disso — disse Rogan suavemente.

Eric cuspiu no chão. Tentou agarrar Rosalie e colocá-la a sua frente. Mas a droga o havia enfraquecido tanto, que Rosalie escapou facilmente de seu domínio. Ao livrar-se dele, uma de suas unhas compridas e pintadas enfiou-se no olho de Eric. Ele gritou e levou a mão ao olho esquerdo. Rosalie fugiu da linha de tiro.

Até este momento, Rogan tinha controlado sua raiva. Agora sua cabeça começou a latejar com a dor familiar.

— Seu desgraçado imundo — disse a Eric. — Deu o mínimo de informação possível. Não me disse que foi

Klaus von Osteen quem matou minha mulher. Sou capaz de apostar que você o ajudou. Agora não quer entrar no porta-malas do meu carro porque acha que vou matá-lo. Veja bem, seu filho da puta. Vou matá-lo aqui e agora. Bem aqui neste quarto de hotel. Vou espancá-lo até virar uma polpa sangrenta. Ou talvez simplesmente estoure sua cabeça.

Foi Hans quem trouxe a paz. Quase aos prantos, através de seus lábios inchados e ensanguentados, disse ao irmão:

— Fique calmo, faça o que o americano quer que a gente faça. Não vê que ele enlouqueceu?

Eric Freisling lançou um olhar inquisidor para o rosto de Rogan.

— Sim — disse então. — Farei o que você quer.

Rogan ficou muito calmo. Rosalie aproximou-se dele e o tocou como se para trazê-lo de volta à sanidade. E sua raiva terrível começou a amainar.

— Sabe o que tem a fazer depois que partirmos? — disse a ela

— Sim.

Rogan conduziu os dois irmãos para fora da sala e pelas escadas dos fundos do hotel. Manteve a arma no bolso. Quando saíram pela entrada que dava para o estacionamento, Rogan sussurrou instruções até que chegaram onde a Mercedes estava estacionada. Rogan os fez ajoelhar no cascalho a seus pés enquanto abria o porta-malas. Eric entrou primeiro, desajeitadamente, a droga ainda afetando seus movimentos. Deu a Rogan um último olhar desconfiado. Rogan empurrou-o para o fundo. Enquanto Hans rastejava no espaçoso porta-malas, sua boca tentou formar um sorriso; foi um esgar obsceno por causa dos lábios arrebentados e dos dentes estilhaçados. Disse, fraca e humildemente:

— Sabe, estou feliz que isso tenha acontecido. Todos estes anos o que fizemos a você pesou em minha consciência. Acho que será muito bom para mim, psicologicamente, ser punido.

— Acha mesmo? — disse Rogan num tom educado, e bateu com força a tampa do porta-malas sobre eles.

CAPÍTULO 8

Rogan dirigiu a Mercedes pelas ruas de Berlim durante as duas horas seguintes. Assegurou-se de que o suprimento de ar atravessava a tubulação de borracha e chegava ao porta-malas. Isso era para dar a Rosalie tempo de fazer sua parte. Ela devia descer até a pista de dança do hotel, onde beberia, flertaria e dançaria com os homens disponíveis para que depois todos se lembrassem de que ela estivera ali. Isso lhe daria um álibi.

Perto da meia-noite, Rogan puxou o fio ligado ao volante. Isso cortaria o ar e injetaria monóxido de carbono no porta-malas. Em trinta minutos ou menos, os irmãos Freisling estariam mortos. Rogan agora seguia na direção da estação ferroviária de Berlim.

Mas, depois de 15 minutos, Rogan parou o carro. Pretendia matá-los do mesmo jeito que haviam tentado matá-lo no Palácio da Justiça de Munique, sem aviso e ainda à espera de liberdade. Gostaria de matá-los como animais, mas não era capaz disso.

Saiu do carro, contornou-o até a traseira e bateu na tampa do porta-malas.

— Hans, Eric — chamou.

Não sabia por que usava seus nomes, como se eles tivessem se tornado amigos seus. Chamou-os de novo, numa voz baixa, mas urgente, para avisá-los de que embarcariam na eterna escuridão da morte, a fim de que pudessem recompor qualquer alma que ainda possuíssem, fazer quaisquer orações possíveis preparando-se para o vácuo negro. Bateu de novo no porta-malas, mais forte desta vez, mas não houve resposta. Em sua condição drogada, devem ter morrido pouco depois que Rogan acionou o monóxido de carbono. Para ter certeza de que tinham morrido e não estavam fingindo, Rogan abriu o porta-malas e ergueu a tampa.

Cruéis como haviam sido, não representavam nenhuma perda para o mundo, mas em seus últimos momentos encontraram alguma centelha de humanidade. Na sua agonia final, os dois irmãos tinham se virado um para o outro e morreram abraçados. Seus rostos perderam toda malícia e esperteza. Rogan olhou para eles por um longo tempo. Foi um erro, pensou, tê-los matado juntos. Acidentalmente, havia sido misericordioso.

Trancou o porta-malas e dirigiu até a estação ferroviária. Entrou com o carro no vasto estacionamento, cheio de milhares de veículos, e parou na seção que achava mais provável de permanecer cheia, perto da entrada leste. Saiu da Mercedes e caminhou em direção ao hotel. No caminho, deixou as chaves do carro escorregarem de sua mão para o fundo de um bueiro.

Fez a pé o percurso todo até o hotel e já eram 3 horas quando entrou em sua suíte. Rosalie o esperava. Trouxe-lhe um copo com água para tomar suas pílulas, mas

Rogan podia sentir o sangue latejando em sua cabeça, cada vez mais forte. O gosto familiar e enjoado subia até sua boca. Sentiu a terrível vertigem e começou a cair... a cair... a cair..

CAPÍTULO 9

Rogan levou três dias para recuperar a consciência. Ainda estava na suíte do hotel, deitado na cama, mas o quarto tinha o odor antisséptico de um hospital. Rosalie debruçou-se sobre ele instantaneamente quando viu que estava acordado. Olhando por cima do ombro dela, notou a presença de um homem barbudo de rosto mal-humorado que parecia o cômico médico alemão dos filmes.

— Ah! — A voz do médico era berrante. — O senhor encontrou o caminho de volta até nós. Sorte, muita sorte. Agora devo insistir que venha para o hospital.

Rogan sacudiu a cabeça.

— Estou bem aqui. Basta me dar uma receita para mais algumas de minhas pílulas. Nenhum hospital vai me ajudar.

O médico ajeitou os óculos e afagou a barba. Apesar de sua camuflagem facial, parecia jovem e estava obviamente perturbado com a beleza de Rosalie. Virou-se para repreendê-la.

— Deve dar a este senhor um pouco de paz. Está sofrendo de exaustão nervosa. Deve guardar repouso absoluto por pelo menos duas semanas. Está me entendendo?

— E o jovem médico arrancou uma folha do seu bloco de receitas e entregou a ela.

Bateram à porta da suíte do hotel, e Rosalie foi atender. O agente do Serviço Secreto americano, Bailey, entrou, seguido por dois detetives alemães. O rosto comprido de Bailey à Gary Cooper estava amargo.

— Onde está seu namorado? — perguntou a Rosalie. Ela inclinou a cabeça, indicando o quarto. Os três homens avançaram para lá.

— Ele está doente — disse Rosalie. Mas os três entraram no cômodo.

Bailey não pareceu surpreso ao encontrar Rogan na cama. Nem demonstrou qualquer simpatia pelo enfermo. Olhou para Rogan e disse secamente:

— Então você foi em frente e fez a coisa.

— Fiz o quê? — perguntou Rogan. Sentia-se ótimo agora. Sorriu para Bailey.

— Não me venha com essa — replicou Bailey com raiva. — Os irmãos Freisling desapareceram. Simplesmente. Deixaram o posto de gasolina fechado; as coisas deles ainda estão no apartamento; o dinheiro ainda está no banco. Isso só significa uma coisa: estão mortos.

— Não necessariamente — disse Rogan.

Bailey agitou a mão impacientemente.

— Vai ter de responder algumas perguntas. Estes dois homens são da polícia política alemã. Vista-se para ir até a sede deles.

O jovem médico barbudo falou. Sua voz era raivosa, em tom de comando.

— Este homem não pode ser removido.

Um dos detetives alemães disse a ele:

— Tome cuidado. Não vai querer que todos aqueles anos de estudo na escola de medicina parem numa cova rasa.

Em vez de assustar o médico, isso o deixou ainda mais zangado.

— Se removerem este homem, ele pode até morrer. Irei então pessoalmente acusá-los, e ao seu departamento, de homicídio.

Os detetives alemães, atônitos diante do desafio, não disseram outra palavra. Bailey estudou o médico:

— Como se chama?

O médico fez uma reverência, quase bateu com os calcanhares:

— Thulman. A seu serviço. E o senhor, como se chama?

Bailey lançou-lhe um longo olhar de intimidação e, então, num gesto óbvio de zombaria, bateu os calcanhares.

— Bailey — disse. — E vamos levar este homem para o Halle.

O médico lançou-lhe um olhar de desdém.

— Sou capaz de bater os calcanhares mais forte que o senhor mesmo sem sapatos, sua pobre imitação de aristocrata prussiano. Mas isso não vem ao caso. Proíbo a remoção deste homem porque ele está doente; sua saúde correrá sério risco. Não creio que o senhor possa se dar ao luxo de não levar a sério minhas advertências.

Rogan podia ver que os três homens estavam desconcertados. Ele também. Por que diabo este médico se arriscava por sua causa?

Bailey disse com sarcasmo:

—- Ele morreria se eu lhe fizesse algumas perguntas aqui e agora?

— Não — afirmou o médico —, mas isso o cansará.

Bailey fez um gesto impaciente e virou o corpo magricela para Rogan.

— Seus vistos para viajar pela Alemanha estão sendo revogados — disse. — Tomei providências a respeito. Não me importa o que faça em qualquer outro país, mas eu o quero fora do meu território. Não tente voltar com documentos falsos. Estarei de olho em você enquanto estiver na Europa. Pode agradecer a esse médico por salvar sua pele. — Bailey saiu do quarto, os dois detetives o seguiram, e Rosalie os conduziu para fora da suíte.

Rogan sorriu forçosamente para o médico.

— É verdade? Eu não posso ser realmente removido?

O jovem médico afagou a barba.

— Claro. Todavia, você pode remover a si mesmo, uma vez que aí não haveria estresse psicológico sobre seu sistema nervoso. — E sorriu para Rogan. — Não gosto de ver homens saudáveis, especialmente policiais, maltratarem pessoas enfermas. Não sei o que anda aprontando, mas estou do seu lado.

Rosalie acompanhou o médico até a porta, depois voltou e sentou-se na cama. Rogan colocou sua mão sobre as dela.

— Ainda quer ficar comigo? — perguntou. Ela assentiu.

— Então coloque suas coisas na mala. Vamos partir para Munique. Quero encontrar Klaus von Osteen antes dos outros. Ele é o mais importante.

Rosalie curvou a cabeça junto à dele.

— Eles vão acabar matando você afinal — disse.

Rogan beijou-a.

— É por isso que preciso dar cabo de Von Osteen primeiro. Quero ter certeza de que vou pegá-lo. Não me importo muito se os outros dois escaparem.

Deu-lhe um empurrãozinho suave.

— Comece a fazer as malas — disse.

Pegaram um voo matinal para Munique e hospedaram-se numa pensão onde Rogan esperava que não fossem notados. Sabia que Bailey e a polícia alemã o procurariam na cidade, mas levariam alguns dias para descobrir seu paradeiro. Àquela altura, sua missão estaria encerrada e ele, fora do país.

Alugou um pequeno Opel enquanto Rosalie ia à biblioteca para pesquisar os recortes de jornais sobre Von Osteen e localizar o endereço dele.

Quando se encontraram para jantar, Rosalie tinha um relatório completo. Klaus von Osteen era agora o juiz mais graduado dos tribunais de Munique. Começara como a ovelha negra de uma família nobre aparentada com a família real inglesa. Embora fosse oficial alemão durante a guerra, não havia nenhum registro de que tivesse pertencido ao partido nazista. Pouco antes do final da guerra, foi gravemente ferido, e isso aparentemente o havia transformado num novo homem aos 43 anos. De volta à vida civil, estudou direito e tornou-se um dos melhores advogados da Alemanha. Entrou, então, na arena política como um moderado defensor da aliança americana na Europa. Grandes coisas se esperavam dele; era possível até que se tornasse o chanceler da Alemanha Ocidental. Tinha o apoio dos industriais alemães e das autoridades da ocupação americana e uma influência magnética sobre as classes operárias, sendo um magnífico orador.

Rogan acenou sombriamente com a cabeça.

— Parece ser o mesmo cara. Tinha uma voz impressionante, sincera como o inferno. O desgraçado realmente soube apagar seus rastros.

Rosalie falou, ansiosa:

— Tem certeza de que é o sujeito certo?

— É ele mesmo, tem de ser — disse Rogan. — Como é possível que Eric e Hans tenham escrito o mesmo nome a não ser que seja verdade? — E fez uma pausa. — Vamos à casa dele logo depois do jantar. Quando olhar para o rosto dele, vou reconhecê-lo, por mais que tenha mudado. Mas é ele, com certeza. Era um verdadeiro aristocrata.

Dirigiram até o endereço de Von Osteen, usando um mapa da cidade como guia. A casa ficava num subúrbio elegante e era uma mansão. Rogan estacionou o carro, e os dois subiram os degraus de pedra até as imensas portas de estilo baronial. Havia uma aldrava de madeira na forma de uma cabeça de javali. Rogan bateu-a duas vezes contra a porta. Em um momento, ela foi aberta por um antiquado mordomo alemão, exageradamente gordo e obsequioso. Muito friamente ele disse:

— *Bitte mein Herr*.

— Viemos ver Klaus von Osteen — disse Rogan. — Negócios confidenciais. Pode dizer-lhe que foi Eric Freisling quem nos mandou.

A voz do mordomo ficou menos fria. Ele evidentemente reconheceu o nome dos Freisling.

— Lamento muito — disse ele. — O juiz Von Osteen e a família estão em férias na Suíça e depois planejam ir para Suécia, Noruega e finalmente para a Inglaterra. Não estarão de volta antes de um mês.

— Droga — disse Rogan. — Pode me dizer onde estão hospedados agora, o endereço?

O mordomo sorriu, seu rosto vincando-se em dobras de sebo rosado.

— Não — respondeu. O juiz Von Osteen não segue um roteiro fixo. Só pode ser localizado por meio de canais oficiais. Gostaria de deixar um recado, senhor?

— Não — replicou Rogan. Ele e Rosalie voltaram para o carro.

De volta a seu quarto, Rosalie indagou:

— O que você vai fazer agora?

— Vou ter de jogar — disse ele. — Vou até a Sicília localizar Genco Bari. Se tudo correr bem, pego um avião para Budapeste e cuido de Wenta Pajerski. Então, volto para Von Osteen aqui em Munique.

— E seu visto de entrada? Bailey o terá cancelado.

Rogan retrucou secamente:

— Também trabalhei no serviço de espionagem. Vou dar um jeito de arranjar um passaporte ou um visto falso. E se Bailey se aproximar demais vou ter de esquecer que ele é um compatriota americano.

— E quanto a mim?

Ele não respondeu por muito tempo.

— Estou tomando providências para que você tenha dinheiro suficiente para viver mês a mês. Um fundo bancário permanente, independentemente do que possa acontecer.

— Não vai me levar com você? — perguntou Rosalie.

— Não posso. Teria de arranjar documentos para você. E jamais conseguiria me desvencilhar de Bailey se a levasse comigo.

— Então vou ficar à sua espera aqui em Munique — disse ela.

— Certo. Mas teria de se acostumar à ideia de não me ver por algum tempo. As chances de que eu tenha sucesso total são de uma em um milhão. Vão me agarrar, com certeza, antes que eu pegue Von Osteen.

Agradecida, ela encostou a cabeça no ombro dele.

— Não me importa — disse ela. — Só me deixe esperar por você; por favor, me deixe esperar por você.

Ele acariciou seus cabelos louros.

— Claro, claro. Agora, você faria uma coisa para mim?

Ela assentiu com a cabeça.

— Estava dando uma olhada no mapa — prosseguiu Rogan. — Podemos chegar de carro a Bublingshausen em quatro horas. Acho que seria bom para você vê-la de novo. Quer voltar até lá?

Sentiu o corpo inteiro de Rosalie retesar-se, as costas arquearem de terror.

— Oh, não — disse ela. — Oh, não!

Rogan apertou o corpo dela, que tremia.

— Atravessamos a cidade muito rapidamente — disse ele. — Você vai ver como ficou. Como está hoje. Então talvez não veja tão claramente como era antes. Talvez tudo fique fora de foco. Tente. Passo de carro muito rapidamente, prometo. Esta foi a primeira coisa que você disse ao médico, lembra: que queria voltar a Bublingshausen.

O corpo dela parou de tremer.

— Está bem — disse. — Eu voltarei. Com você.

CAPÍTULO 10

Na manhã seguinte, colocaram os pertences de Rogan no Opel. Tinham decidido que seguiriam de carro de Bublingshausen até Frankfurt, onde Rogan poderia pegar um avião para a Sicília e procurar Genco Bari. Rosalie pegaria o trem de volta para Munique e aguardaria lá. Rogan a tranquilizou:

— Quando acabar na Sicília e em Budapeste, voltarei aqui para Von Osteen. E voltarei diretamente para a pensão, será a primeira coisa.

Quanto a isso, havia mentido. Só planejava voltar a vê-la depois que tivesse matado Von Osteen e conseguisse ficar livre.

O Opel corria pelas estradas alemãs. Rosalie ficou sentada o mais longe possível de Rogan, agarrada à porta, a cabeça para o outro lado. Por volta do meio-dia, ele perguntou:

— Quer parar para o almoço?

Ela sacudiu a cabeça. À medida que se aproximavam de Bublingshausen, Rosalie afastava-se, curvando mais em seu assento. Rogan deixou a *autobahn*, e o Opel entrou na cidade de Wetzlar, cujas grandes fábricas do setor óptico foram o alvo original dos bombardeios americanos que mataram o pai e a mãe de Rosalie. O Opel rodava lentamente no trânsito pesado da cidade e, então, chegou a uma placa amarela com a seta apontando para a estrada suburbana: "Bublingshausen". Rosalie enterrou o rosto nas mãos para não ver.

Rogan dirigiu lentamente. Quando entraram na cidadezinha, ele a examinou com atenção Não havia cicatrizes da guerra. Fora completamente reconstruída, só que as casas não eram feitas de madeira, mas de concreto e aço. As crianças brincavam nas ruas.

— Chegamos — disse. — Olhe só.

Rosalie mantinha a cabeça entre as mãos. Não respondeu. Rogan fez o carro andar bem devagar, mais fácil de controlar, e, então, estendeu a mão e ergueu a cabeça loura de Rosalie, forçando-a a ver a aldeia de sua infância.

Ficou surpreso com o que aconteceu. Ela se virou para ele com raiva.

— Esta não é a minha cidade. Você cometeu um erro. Não reconheço nada aqui.

Mas, então, a rua fez uma curva, dirigindo-se para os campos abertos, e havia hortas cercadas, jardins privados, cada portão com o nome do proprietário impresso numa placa amarela de verniz desbotada. Atordoada, Rosalie virou a cabeça para olhar de novo a aldeia e depois os jardins. Podia ver o reconhecimento chegando a seus olhos. Ela começou a mexer no trinco da porta, e Rogan parou o carro. Então Rosalie saiu correndo pela estrada até a terra gramada dos jardins, correndo desajeitadamente. Parou e ergueu os olhos para o céu e, finalmente, virou a cabeça para Bublingshausen. Rogan pôde ver seu corpo dobrar-se com a agonia interior e, quando Rosalie baixou ao chão, saiu do carro e correu até ela.

Estava sentada de uma maneira estranha, as pernas abertas para os lados, e chorava. Rogan nunca vira ninguém chorar com tanta dor. Ela uivava como uma criancinha, uivos que teriam sido cômicos se não fossem tão poderosamente arrancados de suas entranhas. Ela enfiou as unhas pintadas na terra, como se tentasse lhe infligir dor. Rogan ficou do seu lado, esperando, mas ela não deu sinal de notar sua presença.

Duas garotas novas, de não mais que 14 anos, vieram da estrada de Bublingshausen. Carregavam sacos de jardinagem nos braços e tagarelavam alegremente. Entraram pelas portas com o nome de sua família e começaram a cavar. Rosalie ergueu a cabeça para observá-las, e elas lhe lançaram olhares curiosos e invejosos. Inveja de suas belas roupas, inveja do homem obviamente rico que estava ao seu lado. Rosalie parou de chorar. Ajeitou as pernas debaixo do corpo e colocou a mão na perna de Rogan para que sentasse a seu lado na grama.

Então, aninhou a cabeça em seu ombro e chorou baixinho por muito tempo. Ele entendeu que finalmente agora, pela primeira vez, ela podia chorar pelo pai e pela mãe perdidos, pelo irmão em sua fria cova russa. E entendeu que, quando jovem, sofrera um choque terrível que a impedira de aceitar conscientemente sua perda e a jogara na esquizofrenia e no asilo. Surgira oportunidade de superar aquilo agora, pensou Rogan.

Quando parou de chorar, Rosalie ficou sentada por algum tempo olhando para a cidadezinha de Bublingshausen e para as duas garotas que cavavam a terra em seus jardins. As duas continuaram olhando para Rosalie, devorando com os olhos suas roupas caras, inspecionando friamente sua beleza.

Rogan a ajudou a ficar de pé.

— Aquelas duas garotas a invejam — disse.

Ela acenou com a cabeça e sorriu tristemente.

— E eu as invejo.

Seguiram para Frankfurt e Rogan devolveu o carro ao escritório da agência locadora no aeroporto. Rosalie esperou com ele a hora do embarque. Antes de Rogan descer a rampa, ela disse:

— Não pode esquecer os outros? Deixá-los viver?

Ele fez um movimento negativo com a cabeça.

Rosalie agarrou-se a ele.

— Se eu perder você agora, será meu fim. Sei disso. Por favor, deixe os outros em paz.

Rogan disse gentilmente:

— Não posso. Talvez eu pudesse esquecer Genco Bari e o húngaro, Wenta Pajerski. Mas nunca poderia perdoar Klaus von Osteen. E, como preciso matá-lo, tenho de matar os outros. É assim que as coisas são.

Ela ainda se agarrou a ele.

— Deixe Von Osteen livre. Não tem importância. Deixe-o viver e você permanecerá vivo, e eu vou ficar feliz e poderei viver feliz.

— Não posso.

— Eu sei. Ele matou sua mulher e tentou matá-lo. Mas todo mundo estava tentando matar todo mundo na época. — Ela sacudiu a cabeça. — O crime dele contra você foi assassinato. Mas era o crime de todos naquele período. Você teria de matar o mundo inteiro para conseguir sua vingança.

Rogan afastou-a.

— Sei de tudo isso, tudo o que acabou de dizer. Pensei nisso estes anos todos. Poderia tê-los perdoado por matar e torturar Christine. Poderia tê-los perdoado por me torturarem e tentarem me matar. Mas Von Osteen fez algo que jamais poderei perdoar. Fez algo contra mim que torna impossível viver no mesmo planeta que ele, enquanto estiver vivo. Ele me destruiu sem balas, sem sequer erguer a voz. Foi mais cruel que todos os outros. — Rogan fez uma pausa e podia sentir o sangue latejando contra a placa em seu crânio. — Em meus sonhos, eu o mato e, então, o ressuscito para que possa matá-lo de novo.

Estavam chamando o número de seu voo pelo alto-falante. Rosalie beijou-o apressadamente e sussurrou:

— Vou esperar por você em Munique. Na mesma pensão. Não se esqueça de mim.

Rogan beijou-lhe os olhos e a boca.

— Pela primeira vez, espero sair dessa vivo — disse. — Antes, eu não me importava. Não vou esquecer você.

Virou-se e desceu a rampa até o avião.

CAPÍTULO 11

Ao voar sobre a Alemanha ao crepúsculo, Rogan podia ver que o país se reconstruíra. As cidades em escombros de 1945 haviam brotado de novo com mais chaminés de fábricas, arranha-céus de aço mais altos. Porém, ainda havia cicatrizes feias de terra queimada visíveis do céu, marcas de varíola da guerra.

Ele chegou a Palermo e logo deu entrada no hotel mais elegante da cidade antes da meia-noite, começando sua busca. Perguntou ao gerente do hotel se conhecia alguém na cidade chamado Genco Bari. O gerente deu de ombros e abriu bem os braços. Palermo, afinal, tinha mais de 400 mil habitantes. Não poderia esperar que conhecesse todos eles, não é, *signore*?

Na manhã seguinte, Rogan contratou uma firma de detetives particulares para localizar Genco Bari. Deu-lhes um adiantamento generoso e prometeu um polpudo prêmio se fossem bem-sucedidos. Então fez a ronda pelos escritórios oficiais que achava que poderiam ajudá-lo. Foi ao consulado dos Estados Unidos, ao chefe de polícia siciliano, à redação do maior jornal de Palermo. Nenhum deles sabia nada sobre Genco Bari.

Parecia impossível a Rogan que sua busca não fosse bem-sucedida. Genco Bari devia ser um homem rico, importante, pois era membro da Máfia. Então percebeu que aí estava o problema. Ninguém, de modo algum, daria informação sobre um chefe da Máfia. Na Sicília, imperava a lei da *omertà*, o código do silêncio, uma tradição antiga desse povo. Nunca dê informação de qualquer tipo a qualquer autoridade. A punição pela quebra do código era a morte rápida e certa, e não valia a pena correr o risco de satisfazer a mera curiosidade de um estrangeiro. Diante da *omertà*, o chefe de polícia e a firma de detetives eram impotentes em sua busca de informação. Ou talvez eles, também, não ousassem romper a lei extraoficial.

No final da primeira semana, Rogan pretendia seguir para Budapeste quando recebeu uma visita de surpresa no hotel. Era Arthur Bailey, o agente do Serviço Secreto americano em Berlim.

Bailey estendeu uma das mãos em protesto, com um sorriso amistoso no rosto.

— Estou aqui para ajudar — disse. — Descobri que você tem muita proteção em Washington para ser importunado, por isso achei que deveria vir. Claro que também tenho meus motivos. Quero impedir que você acidentalmente arruíne nosso extenso trabalho de instalação de sistemas de informação na Europa.

Rogan olhou para ele pensativamente por um longo momento. Era impossível duvidar da sinceridade do homem e de sua amigável cordialidade.

— Ótimo — disse finalmente. — Pode começar a me ajudar dizendo onde conseguirei encontrar Genco Bari.

Ele ofereceu um drinque ao americano esguio.

Bailey sentou-se, relaxou e bebericou seu Scotch.

— Claro que posso lhe contar isso — disse. — Mas primeiro tem de me prometer que vai me deixar ajudá-lo até o fim. Depois de Genco Bari, você irá atrás de Pajerski em Budapeste e, depois, de Von Osteen em Munique, ou vice-versa. Prometa seguir meu conselho. Não quero que seja apanhado. Se for, você vai desmontar contatos da Inteligência que os Estados Unidos levaram muitos anos e milhões de dólares para estabelecer.

Rogan não sorriu ou se mostrou particularmente amistoso.

— Certo. Simplesmente me diga onde está Bari e me garanta conseguir um visto para Budapeste.

Bailey deu outro gole em seu drinque.

— Genco Bari mora em sua propriedade murada nos arredores da aldeia de Villalba, no centro da Sicília. Os vistos húngaros necessários estarão à sua espera em Roma quando você estiver pronto. E em Budapeste quero que entre em contato com o intérprete húngaro no consulado dos Estados Unidos. Seu nome é Rakol. Ele lhe dará toda ajuda de que precisar e cuidará de sua saída do país. Parece justo?

— Claro — disse Rogan. — E quando voltar para Munique, entro em contato com você, ou você comigo?

— Entro em contato com você — disse Bailey. — Não se preocupe, conseguirei encontrá-lo.

Bailey terminou seu drinque. Rogan o acompanhou até o elevador, e o homem disse casualmente:

— Depois que você matou aqueles quatro primeiros sujeitos, isso nos deu bastante corda para reabrir com riqueza de detalhes o seu caso do Palácio da Justiça de Munique. Foi assim que eu soube de Bari, Pajerski e Von Osteen.

Rogan sorriu educadamente.

— Foi o que imaginei. Mas como eu os encontrei sozinho, não interessa o que você descobriu. Certo?

Bailey lançou-lhe um olhar estranho, apertou sua mão e, pouco antes de entrar no elevador, disse:

— Boa sorte.

Como Bailey sabia o paradeiro de Genco Bari, Rogan se deu conta de que todo mundo também deveria conhecê-lo: o chefe de polícia, os detetives particulares, provavelmente até mesmo o gerente do hotel. Genco Bari era um dos grandes líderes da Máfia na Sicília; seu nome era, sem dúvida, conhecido em todo o país.

Alugou um carro para dirigir os 80 e poucos quilômetros até Villalba. Veio-lhe a ideia de que muito possivelmente nunca deixaria essa ilha vivo e que os últimos criminosos ficariam impunes. Mas aquilo não parecia tão importante agora. Como também não importava que tivesse decidido não ver Rosalie de novo. Tinha providenciado para que ela recebesse dinheiro de seu patrimônio assim que entrasse em contato com seu escritório. Ela se esqueceria dele e começaria uma vida nova. Nada importava no momento, exceto matar Genco Bari. E Rogan pensou no homem de uniforme italiano. O único dos sete homens no salão abobadado no Palácio da Justiça de Munique que o havia tratado com alguma cordialidade genuíno. E, no entanto, ele também havia participado da traição final.

Naquela última terrível manhã no Palácio da Justiça de Munique, Klaus von Osteen havia sorrido nas sombras por trás de sua grande escrivaninha, enquanto Hans e Eric Freisling insistiam para que Rogan vestisse seus "trajes da liberdade". Genco Bari não dissera nada, apenas olhara para ele com olhos suaves e compassivos. Finalmente, atravessara a sala até ficar diante de Rogan. Ajudara-o a dar o nó na gravata e a enfiara para dentro do paletó. Havia distraído Rogan para que ele não visse Eric Freisling aproximar-se por trás com a arma. Bari também dera sua contribuição à humilhante crueldade final da execução. E era por causa da humanidade de Bari que Rogan não o podia perdoar. Moltke fora um egoísta a serviço de si próprio; Karl Pfann, um animal bruto. Os irmãos Freisling eram a encarnação do mal. O que fizeram era de se esperar, brotava de sua própria natureza. Mas Genco Bari havia irradiado calor humano, e sua participação na tortura e execução era uma degeneração deliberada e maligna; imperdoável.

Dirigindo pela estrelada noite siciliana, Rogan pensou em todos os anos em que havia sonhado com sua vingança. Em como aquilo fora a única coisa que o impedira de morrer. Em como o tinham jogado na pilha de corpos amontoados mesmo quando o sangue escorria de seu crânio despedaçado e o cérebro tremeluzia com apenas uma minúscula centelha. Em como aquele pequenino fogo fora mantido pela energia de seu imenso ódio.

Agora que não estava mais com Rosalie, agora que planejava não mais vê-la, as lembranças de sua falecida mulher pareciam inundar de novo todo o seu ser. Ele pensava: "Christine, Christine, você teria amado esta noite estrelada, o ar perfumado da Sicília. Você sempre confiou em todos e gostou de todo mundo. Nunca entendeu o trabalho que eu fazia, de verdade. Nunca entendeu o que aconteceria a todos nós se fôssemos capturados. Quando ouvi seus gritos no Palácio da Justiça de Munique, foi a surpresa contida neles que os fez tão aterrorizantes. Você não podia acreditar que os seres humanos faziam coisas tão terríveis com seus semelhantes."

Ela era linda: pernas compridas para uma garota francesa, com coxas bem torneadas; uma cintura fina e seios pequenos e tímidos que se exaltavam nas mãos de Rogan; um adorável cabelo castanho e macio como ondas de seda e olhos sérios e encantadores. Seus lábios, carnudos e sensuais, tinham o mesmo caráter e honestidade que ele vira em seus olhos.

O que haviam feito a ela antes de morrer? Bari, Pfann, Moltke, os Freisling, Pajerski e Von Osteen? Como a tinham feito gritar tanto; como a mataram? Ele nunca perguntara a qualquer dos outros porque teriam mentido. Pfann e Moltke fariam parecer menos terrível, os irmãos Freisling inventariam detalhes sangrentos para fazê-lo sofrer mesmo agora. Somente Genco Bari poderia contar-lhe a verdade. Por algum motivo, Rogan tinha certeza disso. Saberia, finalmente, como sua mulher grávida havia morrido. Saberia o que causou aqueles gritos terríveis, os gritos que os torturadores tinham gravado e preservado tão cuidadosamente.

CAPÍTULO 12

Rogan chegou à cidadezinha de Villalba às 23h30 e ficou surpreso ao encontrá-la intensamente iluminada, com centenas de lanternas coloridas pendendo de arcos sobre todas as ruas. Em barracas de madeira alegremente decoradas ao longo das calçadas de pedras redondas, os aldeãos vendiam salsichas quentes, vinho e quadrados de pizza siciliana com anchovas cobertas de azeite e enterradas numa rica base de molho de tomate. O cheiro invadia o ar da noite e deixou Rogan faminto. Parou o carro e devorou um sanduíche de salsicha até que sua boca parecia pegar fogo com a carne muito apimentada. Então foi ao quiosque ao lado para comprar um copo de vinho tinto ácido.

Tinha chegado a Villalba no dia da santa padroeira da cidade, Santa Cecília. Como mandava o costume, os moradores celebravam o aniversário de sua santa com uma grande festa que durava três dias. Rogan chegara na noite do segundo dia da festa. A essa altura, todo mundo, incluindo crianças pequenas, estava embriagado com o vinho siciliano, novo e ácido. Acolheram Rogan de braços abertos. E quando eles o ouviram falar seu italiano quase perfeito, o vendedor de vinho, um homem imenso e gordo de grandes bigodes, que disse chamar-se Tullio, abraçou-o.

Beberam juntos. Tullio não queria deixá-lo ir embora, recusou-se a receber seu dinheiro pelo vinho. Outros homens juntaram-se. Alguns traziam pães compridos recheados de pimentões fritos, outros mordiam enguias defumadas. Crianças dançavam nas ruas. Pela avenida principal, garotas com cabelos negros presos no alto da cabeça passeavam de braços dados e lançavam olhares provocantes aos homens. Eram as *puttane* da festa, as prostitutas do festival, especialmente escolhidas e importadas para tirar a virgindade de todos os jovens que tinham chegado à puberdade naquele ano e assim proteger a honra das garotas locais.

Os homens ao redor da barraca de vinho evaporaram-se, juntando-se à longa procissão de jovens que seguiam as três *puttane* da festa.

O festival seria uma grande camuflagem, pensou Rogan. Poderia fazer o trabalho naquela mesma noite e deixar a cidade pela manhã. Perguntou a Tullio:

— Pode me dizer onde fica a casa de Genco Bari?

A mudança no enorme siciliano foi imediata. Seu rosto congelou numa máscara sem expressão. Toda a cordialidade desapareceu.

— Não conheço nenhum Genco Bari — disse.

Rogan riu.

— Sou um antigo companheiro de guerra e ele convidou-me para visitá-lo em Villalba. Esqueça, vou encontrá-lo sozinho.

Tullio imediatamente se desarmou.

— Ah, foi convidado para a festa dele também? Toda a aldeia foi. Venha, vou acompanhá-lo. — E, embora houvesse no mínimo cinco fregueses à espera de vinho, Tullio gesticulou para que eles fossem embora e fechou a barraca de madeira. — Ponha-se em minhas mãos e nunca irá esquecer esta noite enquanto viver — disse, pegando Rogan pelo braço.

— Espero que sim — comentou Rogan educadamente.

A mansão de Genco Bari, nos arredores da cidade, era cercada por um muro de pedra alto. O imenso portão duplo de grades de ferro estava aberto e os jardins da mansão, agora visíveis, estavam decorados com bandeirolas coloridas que iam de uma árvore à outra. Genco Bari abrira a casa para os aldeãos, a maioria dos quais trabalhava em suas terras. Rogan seguiu Tullio portão adentro.

Mesas compridas ao ar livre estavam cheias de grandes bandejas de macarrão, frutas e sorvete caseiro. Mulheres enchiam as taças com vinho de barris assentados sobre o gramado e ofereciam o líquido vermelho-púrpura a quem passasse por perto. Toda a vizinhança parecia estar na festa que se desenrolava na propriedade do chefe da Máfia. Numa plataforma elevada, três músicos começaram uma animada canção dançante tocada à flauta. E na mesma plataforma elevada, sentado numa cadeira entalhada com a aparência de um trono, estava o homem que Rogan fora matar.

O líder da Máfia cumprimentava todo mundo. Sorriu graciosamente. Mas Rogan quase não o reconheceu. O rosto rechonchudo e bronzeado transformara-se numa máscara esquelética de cera mortuária, da mesma cor de sorvete derretido do chapéu-panamá que adornava a cabeça encolhida. Em meio à alegria da festa, Genco Bari era a máscara branca da morte. Não havia dúvida: Rogan teria de andar rápido para executar sua vingança ou um executor mais impessoal faria o serviço.

Homens e mulheres formaram uma quadrilha para dançar a música. Rogan separou-se de Tullio ao ser sugado para o vórtice da dança. Pareceu descer num turbilhão de corpos que o lançaram para o espaço aberto, de mãos dadas com uma jovem garota siciliana. Outros casais estavam se desgarrando da multidão e desaparecendo no mato. A garota de Rogan dançava atrás de um imenso barril de vinho e bebia de uma grande jarra de prata. Estendeu a jarra para que Rogan bebesse.

Era belíssima. Sua boca sensual carnuda estava roxa de vinho. Os olhos negros cintilantes, pele clara cor de oliva, consumiam a luz da lanterna com seu próprio fogo. Os seios fartos, transbordando da blusa de decote generoso, pulsavam com sua respiração ofegante, e as coxas arredondadas apertaram-se contra a saia de seda, a carne ávida não querendo ser negada ou contida. Observou Rogan beber, colando seu corpo ao dele; então o levou através de alamedas arbóreas e escuras para longe das festividades, nos fundos da mansão de pedra. Ele a seguiu por uma escadaria de pedra que se espiralava ao longo das paredes e terminava numa sacada. Em seguida, passaram pelas portas de vidro fumê até um quarto de dormir.

A garota virou-se e ofereceu a boca a Rogan. Seus seios arquejavam de paixão e Rogan colocou as mãos sobre eles como que para amenizar seu movimento. Ela o abraçou com força e pressionou o corpo contra o dele.

Por um momento, Rogan pensou em Rosalie. Tinha decidido que não a veria mais, que não a deixaria compartilhar o que seria seguramente sua captura ou sua morte. Agora, fazendo amor com essa garota, a decisão se tornaria final em sua mente. E, mais importante, a garota era a chave para penetrar na mansão de Genco Bari; estava dentro da casa agora. Com a garota, que estava ficando impaciente.

Ela o arrastava para a cama, puxando-o pelas roupas. Sua saia tinha subido à altura do estômago e Rogan podia ver as maravilhosas coxas polpudas, sentir a pele quente queimando seu corpo. Em minutos estavam enroscados como duas cobras, contorcendo-se na cama, fazendo força e impulsionando-se, os corpos nus escorregadios de suor, até que finalmente rolaram no chão frio de pedra. Entrelaçados nos braços um do outro, adormeceram, acordaram, beberam vinho tinto de uma jarra, voltaram para a cama, fizeram amor de novo e adormeceram finalmente.

Quando Rogan acordou de manhã, amargava a pior ressaca de sua vida. Sentia como se seu corpo estivesse cheio de uvas doces apodrecidas. Gemeu, e a jovem nua a seu lado murmurou em simpatia, estendeu a mão abaixo da cama e ergueu a jarra de vinho pela metade, da qual beberam na noite anterior.

— Esta é a única cura — disse ela.

Bebeu da jarra e passou-a para Rogan. Ele a colocou nos lábios, e o vinho frutado varreu sua dor de cabeça. Beijou os seios pesados da garota. Pareciam exalar a fragrância de uvas, seu corpo inteiro exsudava o aroma do vinho, como se ela fosse a própria essência dele.

Rogan sorriu para ela.

— E quem é você? — perguntou.
— Sou a Sra. Genco Bari — disse. — Mas pode me chamar de Lucia.
Naquele momento, houve uma batida na porta trancada. Ela sorriu para ele.
— E este é meu marido, que veio recompensá-lo.
Lucia foi abrir a porta enquanto Rogan estendia a mão para o paletó pendurado numa cadeira, procurando sua pistola Walther. Antes que a pudesse encontrar, a porta se abriu e Genco Bari entrou no quarto. Por trás de sua figura frágil e devastada, avolumavam-se dois camponeses sicilianos, com espingardas aninhadas nos braços. Um dos camponeses era Tullio. Olhou para Rogan impassivelmente.
Genco Bari sentou-se à penteadeira da mulher. Sorriu com um ar bondoso para Rogan.
— Não tenha medo. Não sou o típico marido siciliano ciumento — disse. — Como vê, é óbvio que não posso mais desempenhar meus deveres conjugais. Sou um homem mais mundano que meus companheiros camponeses e, por isso, permito à minha mulher que satisfaça suas necessidades muito naturais. Mas nunca com alguém da aldeia e sempre com discrição. Na noite passada, receio que minha pobre Lucia deixou-se arrebatar pelo vinho novo e por sua paixão. Mas não importa. Aqui está sua recompensa. — E jogou uma bolsa cheia de dinheiro sobre a cama. Rogan não se mexeu para pegá-la.
Genco Bari virou-se para sua mulher.
— Lucia, ele se saiu bem?
Ela deu um sorriso vibrante para Rogan e assentiu com a cabeça.

— Como um touro de raça — afirmou com malícia.

Bari riu, ou tentou rir. Mas como não havia carne em seu rosto, foi meramente uma careta de ossos frouxos, pele e dentes.

— Deve perdoar minha mulher — disse a Rogan. — Ela é uma simples garota camponesa com gostos sensuais e objetivos. Foi por isso que casei com ela há três anos, quando soube que estava morrendo. Achei que poderia me agarrar à vida esbanjando-me em seu corpo. Mas isso logo acabou. Então, quando a vi sofrendo, rompi com todas as tradições de nossa terra. Permiti que ela tivesse amantes. Mas sob condições ditadas por mim, para que minha honra e minha família permanecessem imaculadas. Por isso, deixe-me avisá-lo agora: se você se gabar disso a qualquer um na Sicília, mandarei meus homens atrás de você e nunca se deitará com mulheres de novo.

Rogan foi curto e grosso:

— Não preciso desse dinheiro e jamais conto histórias sobre mulheres.

Genco Bari olhou fixamente para ele.

— Existe algo familiar em seu rosto — disse. — E fala italiano quase como um nativo. Nossos caminhos já se cruzaram?

— Não.

Rogan olhava para Bari com pena. O homem pesava pouco mais que 30 quilos. Seu rosto era pele e osso.

Genco Bari disse pensativamente, como se falasse consigo mesmo:

— Você me procurou quando esteve em Palermo. Então, o agente americano Bailey lhe deu minha pista.

— Apontou com a cabeça para o guarda armado. — Tullio contou-me que na sua barraca de vinho você perguntou onde eu morava e disse que eu o havia convidado. É sinal de que devemos nos conhecer. — E inclinou-se para Rogan. — Foi mandado aqui para me matar? — E deu um sorriso sinistro. Jogou os braços para o lado com um ar de zombaria. — Chegou tarde demais. Estou morrendo. Não tem sentido algum me matar.

Rogan falou baixo:

— Quando lembrar quem eu sou, vou responder a essa pergunta.

Bari deu de ombros.

— Não importa — disse. — Mas até eu lembrar insisto que seja meu hóspede aqui na mansão. Tire umas férias. Vai divertir minha mulher e talvez encontre uma hora por dia para conversar comigo. Sou sempre curioso em relação à América. Tenho muitos amigos lá. Diga sim a meu pedido, não vai se arrepender.

Rogan fez que sim com a cabeça e apertou a mão que lhe foi estendida. Quando Bari e seus guardas deixaram o quarto, ele perguntou a Lucia:

— Quanto tempo de vida tem seu marido?

Lucia deu de ombros.

— Quem sabe? Um mês, uma semana, uma hora. Sinto muita pena dele, mas sou jovem; tenho minha vida para viver, por isso talvez seja melhor para mim que ele morra logo. Mas vou chorar por ele. É um homem muito bondoso. Deu uma fazenda a meus pais, prometeu deixar todos os seus bens para mim quando morrer. Eu teria ficado bem sem amantes. Foi ele quem insistiu. Agora estou feliz.

Ela veio e sentou-se no colo de Rogan, pronta para mais.

Rogan passou a semana seguinte na mansão de Genco Bari. Tornou-se óbvio que nunca poderia escapar da Sicília depois que o matasse. A Máfia o interceptaria facilmente no aeroporto de Palermo. Sua única esperança era matar Bari de tal maneira que seu corpo não fosse descoberto ao menos por seis horas. Isso lhe daria tempo para pegar o avião. Gastou parte de cada dia fazendo planos e dedicando-se a Bari. Achou o Don mafioso extremamente agradável, cortês e prestativo. Tornaram-se quase bons amigos naquela semana. E, embora ele fizesse passeios a cavalo e piqueniques amorosos com Lucia, achava as conversas com Genco Bari mais prazerosas. O apetite sexual e o aroma de uva de Lucia eram avassaladores. Era com alívio que Rogan relaxava toda noite para partilhar a ceia leve e a taça de grapa de Genco Bari. O homem havia mudado radicalmente em comparação com o assassino de dez anos antes. Tratava Rogan como a um filho e era extremamente interessante, especialmente quando contava histórias estranhas sobre a Máfia na Sicília.

— Sabe por que nenhum muro de pedra na Sicília tem mais de 61 centímetros de altura? — perguntou.

— O governo em Roma achou que havia sicilianos demais emboscando uns aos outros e então pensaram que se reduzissem a altura dos muros, poderiam reduzir o número dos assassinatos. Que tolice. Nada impedirá as pessoas de matarem umas às outras. Não concorda?

— E lançou um olhar fulminante a Rogan, que apenas sorriu. Ele não queria ser levado a quaisquer discussões filosóficas sobre assassinato.

Bari contou a Rogan histórias sobre as velhas rivalidades da Máfia e as redes de proteção, e como cada ramo da indústria tinha seu próprio ramo da Máfia grudado como uma sanguessuga. Contou também que havia até um ramo da Máfia que cobrava dinheiro de proteção dos jovens que faziam serenata às namoradas debaixo de suas sacadas. Toda a ilha era inacreditavelmente corrupta. Mas parecia possível viver em paz se você, também, fosse um membro da Máfia.

Bari tornara-se fazendeiro em 1946 porque havia se recusado a ter qualquer coisa a ver com o tráfico de narcóticos que floresceu depois da guerra.

— Eu era um homem mau naquela época — contou a Rogan com um sorriso de desaprovação. — Era violento. Mas nunca fiz mal a uma mulher e nunca trafiquei drogas. Isso é a *infamità*. Sempre mantive minha honra. Até assassinos e ladrões têm a sua.

Rogan sorriu gentilmente. Bari havia esquecido o Palácio da Justiça de Munique e os gritos de Christine preservados no cilindro de cera marrom do fonógrafo. Era hora de fazê-lo lembrar.

No final da semana, Rogan havia elaborado um plano que lhe permitiria matar Bari e fazer uma fuga limpa. Propôs ao Don da Máfia que fizessem um piquenique. Dirigiam o carro de Rogan até o campo com uma cesta de comida e jarras de vinho e grapa, e se sentariam à sombra de uma árvore. O passeio faria bem ao enfermo.

Bari sorriu para Rogan.

— Isso seria ótimo. É muito delicado de sua parte perder seu tempo com um velho traste como eu. Vou dar ordens para que seu carro seja abastecido de comida e bebida. Podemos levar Lucia conosco?

Rogan franziu a testa e sacudiu a cabeça.

— Ela é muito agitada, e os homens não podem conversar com mulheres por perto. Gosto demais de sua companhia para deixar que seja estragada pela tagarelice de uma mulher.

Bari riu e estavam de acordo. Sairiam ao amanhecer e voltariam no fim da tarde. Genco Bari tinha negócios em algumas pequenas aldeias que podiam ser tratados ao longo do caminho. Rogan ficou feliz ao ver que essas aldeias ficavam na estrada para Palermo.

Saíram na manhã seguinte, Rogan dirigindo e Genco Bari, com seu rosto que não passava de um crânio protegido por seu inseparável chapéu-panamá creme, sentado a seu lado. Seguiram por algumas horas pela estrada principal em direção a Palermo e, então, Bari orientou Rogan a pegar uma estrada secundária que subia sinuosamente para as regiões montanhosas. A estrada terminava numa trilha estreita e Rogan teve de parar o carro.

— Traga a comida e o vinho — disse Genco. — Vamos fazer o piquenique abaixo das pedras.

Rogan levou a cesta para onde Bari estava de pé na sombra do morro. Havia uma toalha xadrez vermelha para colocar no chão e, em cima dela, pôs os pratos cobertos de berinjela, salsicha fria e um pão de crosta crocante embrulhado num guardanapo branco. Havia taças largas e curtas para o vinho, e Bari serviu o líquido da jarra. Quando acabaram de comer, Bari ofereceu a Rogan um charuto preto comprido e fino.

— Tabaco siciliano, raro, mas o melhor do mundo — disse ele. Acendeu o isqueiro e o charuto de Rogan, perguntando, exatamente no mesmo tom de voz: — Por que vai me matar hoje?

Rogan, surpreso, olhou rapidamente ao redor para ver se tinha caído numa armadilha. Genco Bari sacudiu a cabeça.

— Não, não tomei precauções para proteger minha vida. Não tem mais nenhum valor para mim. Mas ainda quero satisfazer minha curiosidade. Quem é você e por que quer me matar?

Rogan disse lentamente:

— Você me falou certa vez que jamais cometeu violência contra uma mulher. Mas ajudou a matar minha esposa.

Bari pareceu intrigado, e Rogan continuou:

— Na *Rosenmontag*, 1945, no Palácio da Justiça de Munique. Você ajeitou minha gravata antes que Eric Freisling me desse um tiro na nuca. Mas vocês não chegaram a me matar. Nunca me mataram. Fiquei vivo. Os irmãos Freisling estão mortos. Moltke e Pfann estão mortos. Depois de matar você, só restarão Pajerski e Von Osteen para encerrar o castigo e então posso morrer feliz.

Genco Bari tragou seu charuto e olhou para Rogan por um longo tempo.

— Sabia que devia ter um motivo honroso para me matar. Você é obviamente um homem honrado. A semana toda pude ver como planejava me matar e pegar um avião com segurança em Palermo. Por isso eu o ajudei. Deixe meu corpo aqui e siga em frente. Antes que saibam o que aconteceu, você estará em Roma. Sugiro que deixe a Itália o mais rápido possível. A Máfia tem braços compridos.

— Se você não tivesse endireitado minha gravata, se não tivesse me distraído para que Eric pudesse chegar por trás de mim, talvez eu não o matasse — comentou Rogan.

No rosto definhado de Bari, havia um olhar de surpresa. Então, ele sorriu tristemente.

— Jamais quis enganá-lo. Achei que você sabia que ia morrer. Por isso quis que sentisse um toque humano para consolá-lo naqueles últimos momentos sem que eu me traísse diante de meus companheiros de assassinato. Como vê, não me escuso daquele ato. Mas preciso insistir com você agora: nada tive a ver com a morte de sua mulher ou os gritos dela.

O sol siciliano estava a pino e o rochedo sobre eles não dava sombra alguma. Rogan sentiu a antecipação de um enjoo em seu estômago.

— Foi Von Osteen quem a matou? Diga-me quem foi que a torturou e juro que, por sua memória e por sua alma, eu o deixarei ir embora livre.

Genco Bari ficou de pé. Pela primeira vez naquela relação, ele foi áspero e ficou zangado.

— Seu tolo, não percebeu que eu quero que me mate? Você é meu libertador, não meu executor. Todos os dias sofro uma dor terrível que os medicamentos não podem banir completamente. O câncer está em cada célula de meu corpo, mas não consegue me matar. Da mesma forma que não conseguimos matá-lo no Palácio da Justiça de Munique. Posso viver com essa dor pelos próximos anos, amaldiçoando Deus. Soube desde o primeiro dia que você queria me matar. Ajudei-o de todas as maneiras a encontrar uma oportunidade. — Sorriu para Rogan. — Isso chega a parecer uma piada sinistra, mas só lhe direi a verdade sobre sua mulher se prometer me matar.

Rogan indagou asperamente:

— Por que você mesmo não se mata?

Ficou surpreso quando Genco Bari curvou a cabeça e então a ergueu para olhar fixamente em seus olhos. Quase com vergonha, o italiano sussurrou:

— Seria um pecado mortal. Acredito em Deus.

Houve um longo silêncio. Ambos estavam de pé. Finalmente, Rogan perguntou:

— Diga-me se foi Von Osteen quem matou minha mulher, e eu prometo acabar com sua vida.

Genco Bari respondeu lentamente:

— Foi o líder do nosso grupo, Klaus von Osteen, quem mandou gravar os gritos dela para torturá-lo depois. Era estranho e terrível, nenhum homem que conheci teria pensado em tal coisa naquela época. Pois não foi planejado, você sabe. Foi tudo um acidente. Então ele precisava gravar ali, bem naquele momento, enquanto ela estava morrendo.

Rogan falou asperamente:

— Então quem a torturou? Quem a matou?

Genco Bari fitou-o diretamente nos olhos.

— Você a matou.

Rogan sentiu o sangue martelar em sua cabeça, a região do crânio em torno da placa de prata latejar de dor. Disse de maneira brusca:

— Seu nojento desgraçado, você me enganou. Não vai me dizer quem foi. — Tirou a pistola Walther do paletó e a apontou para o estômago de Bari. — Diga-me quem matou minha mulher.

De novo Genco Bari olhou fixo nos olhos de Rogan.

— Você a matou. Ela morreu dando à luz uma criança morta. Nenhum de nós tocou nela. Tínhamos certeza de que não sabia de nada. Mas Von Osteen gravou seus gritos para assustá-lo.

— Está mentindo.

Sem sequer pensar, puxou o gatilho da pistola Walther. O tiro ecoou contra as pedras como um trovão e o corpo frágil de Genco Bari foi jogado sobre o chão a quase 2 metros de onde estava. Rogan caminhou até onde o moribundo havia caído junto a uma pedra. Colocou a pistola contra a orelha de Bari.

O homem agonizante abriu os olhos e acenou com a cabeça agradecido; sussurrou para Rogan:

— Não se culpe. Os gritos dela eram terríveis porque toda dor, toda morte é igualmente terrível. Você também vai morrer de novo e não será menos terrível.

Sua respiração vinha em meio a sangrentas torrentes de saliva.

— Perdoe-me, assim como eu o perdoo — disse.

Rogan segurou o homem em seus braços; não atirou mais, esperando que morresse. Só levou alguns minutos e ele tinha tempo de sobra para pegar seu avião em Palermo. Mas, antes de partir, cobriu o corpo de Genco Bari com um cobertor do carro. Esperava que fosse encontrado logo.

CAPÍTULO 13

Em Roma, ele pegou um voo para Budapeste. Arthur Bailey mantivera sua promessa, e os vistos esperavam-no. Rogan levou um pouco de uísque e ficou bêbado no avião. Não podia esquecer o que Genco Bari lhe dissera, que Christine morreu em trabalho de parto; que ele, Rogan, fora responsável por sua morte. Mas seria possível que uma morte tão comum em mulheres desde o início dos tempos tivesse causado os terríveis gritos de dor que ele ouvira no fonógrafo no Palácio da Justiça de Munique? E aquele bastardo cruel, Von Osteen, ele teria feito a gravação? Só um gênio do mal poderia pensar em algo tão desumano num impulso repentino. Rogan esqueceu seu próprio sentimento de culpa por um momento quando pensou em matar Von Osteen e no prazer que isso lhe daria. Pensou em deixar a execução de Pajerski esperar, mas já estava no avião a caminho da Hungria; Arthur Bailey já tinha arranjado as coisas para ele em Budapeste. Rogan deu um sorriso sinistro. Sabia algo que Bailey não sabia.

Em Budapeste, ligeiramente bêbado, Rogan foi direto ao consulado dos Estados Unidos e pediu para falar com o intérprete. Seguia as instruções de Arthur Bailey.

Um homem pequeno e nervoso com um bigode raspado nas bordas levou-o aos aposentos internos.

— Sou o intérprete — disse. — Quem o mandou me ver?

— Um amigo em comum chamado Arthur Bailey — respondeu Rogan.

O homenzinho correu para outra sala. Depois de alguns momentos, voltou e disse, numa voz assustada e tímida:

— Por favor, me acompanhe, senhor. Vou levá-lo a alguém que o ajudará.

Entraram numa sala em que um homem corpulento com cabelo ralo os esperava. Apertou a mão de Rogan com vigor e apresentou-se como Stefan Vrostk.

— Sou eu quem vai ajudá-lo em sua missão. Nosso amigo Bailey pediu que eu lhe desse minha atenção pessoal. — E com um aceno de mão dispensou o intérprete.

Quando ficaram sozinhos na sala, Vrostk começou a falar num tom arrogante:

— Li sobre o seu caso. Fui informado sobre o que você fez. E também de seus planos futuros.

Falava como se fosse alguém de grande importância; era, obviamente, um homem terrivelmente presunçoso. Rogan recostou-se e apenas ouviu. Vrostk prosseguiu:

— Deve entender que, aqui atrás da Cortina de Ferro, as coisas são muito diferentes. Não pode esperar que vá agir tão flagrantemente quanto o fez. Sua ficha como agente na Segunda Guerra mostra que é inclinado ao descuido. Sua rede foi destruída porque não tomou as devidas precauções quando usou seu rádio clandestino. Não é verdade? Lançou-lhe um olhar paternalista. Mas Rogan continuou a encará-lo, impassível.

Vrostk estava um pouco nervoso agora, mas isso não diminuiu sua arrogância nem um pouco.

— Vou mostrar Pajerski para você: onde trabalha, seus hábitos de vida, como é protegido. A execução em si é você mesmo quem deve fazer. Arranjarei para que os agentes secretos o tirem do país. Mas deixe-me enfatizar que não deve fazer nada sem me consultar. E deve aceitar, sem questionar, meus planos para sua fuga deste país assim que tiver completado sua missão. Entende isso?

Rogan podia sentir a raiva subindo-lhe à cabeça.

— Claro. Entendo. Entendo tudo perfeitamente. Você trabalha para Bailey, não?

— Sim — disse Vrostk.

Rogan sorriu.

— Certo, então vou seguir suas ordens. Vou lhe contar tudo antes de fazer. — E riu mais uma vez. — Agora me mostre onde posso encontrar Pajerski.

Vrotsk deu um sorriso paternal.

— Primeiro, precisamos colocá-lo num hotel onde possa estar seguro. Tire um pequeno cochilo e esta noite nós vamos jantar no café Black Violin. E lá verá Pajerski. Ele janta lá toda noite, joga xadrez lá, encontra seus amigos lá. É o *point* dele, como vocês dizem na América.

Numa rua lateral, no pequeno hotel que Vrostk encontrou para ele, Rogan sentou-se numa poltrona e fez seus próprios planos. Ao fazê-los, pensou em Wenta Pajerski e em tudo o que o húngaro ossudo havia feito a ele no Palácio da Justiça de Munique.

O rosto era imenso, vermelho e cheio de verrugas, como o de um javali, e, no entanto, Pajerski havia sido apenas casual em sua crueldade e, às vezes, até bondoso. Interrompera o interrogatório para dar um copo de água ou um cigarro para Rogan, colocara chocolates de menta em sua mão. Em bora Rogan soubesse que Pajerski interpretava deliberadamente o papel do "bom sujeito", o clássico "policial simpá tico" que faz alguns prisioneiros falarem quando nada mais o conseguirá não podia, mesmo agora, evitar o sentimento de gratidão que o gesto de bondade em si inspirava.

Qualquer que fosse o motivo, os tabletes açucarados de menta haviam sido reais, os pedaços doces de chocolate amenizavam seu sofrimento. A água e os cigarros eram dádivas miraculosas de vida. Simplesmente tinham vida. Entravam em seu corpo. Então, por que não deixar Pajerski viver? Lembrou da vitalidade do homem corpulento, sua alegria óbvia diante das boas coisas materiais. O prazer físico que ele extraía da comida e da bebida e até mesmo das torturas exigidas pelo interrogatório. Mas ele riu quando Eric Freisling se esgueirou por trás de Rogan para enfiar a bala em seu crânio. Pajerski havia se divertido com aquilo.

Rogan se lembrou de outra coisa. Na tarde do primeiro interrogatório no Palácio da Justiça de Munique, tinham tocado as gravações dos gritos de Christine na sala ao lado. Rogan havia se contorcido e gritado em agonia. Pajerski saíra saltitando do salão abobadado dizendo em tom de troça para Rogan:

— Sossegue, vou fazer sua mulher gritar de prazer em vez de dor.

Rogan suspirou. Todos tinham desempenhado seus papéis muito bem. Haviam conseguido enganá-lo todas as vezes. Só fracassaram numa coisa: não o mataram. E agora era a sua vez. Era a sua vez de materializar-se subitamente na escuridão, trazendo tortura e morte em suas mãos. A sua vez de saber e ver tudo e a vez deles de adivinharem e temerem o que aconteceria a seguir.

CAPÍTULO 14

Naquela noite, Rogan foi com Stefan Vrostk ao Black Violin. Provou ser exatamente o tipo de lugar que ele teria imaginado como o reduto favorito de Wenta Pajerski. A comida era boa e servida aos montes nos pratos. As bebidas, fortes e baratas. As garçonetes eram maravilhosamente cheinhas, joviais e sensuais, com uma dúzia de maneiras maliciosas de apresentar os traseiros rechonchudos para serem beliscados. A música de acordeão tinha um suingue incrível e a atmosfera era enevoada com fumaça pungente de tabaco.

Wenta Pajerski entrou exatamente às 19h. Não tinha mudado nada, assim como os animais nunca parecem mais velhos depois da maturidade, apenas quando alcançam uma idade mais avançada. Beliscou a primeira garçonete tão forte que ela deu um gritinho de dor. Bebeu uma imensa caneca de cerveja de um só gole, sufocando-se com ela ao recusar uma pausa para tomar fôlego. Então se sentou a uma grande mesa redonda, reservada para ele, e logo acolheu seus amigos. Riram, contaram piadas e beberam conhaque francês na garrafa. Enquanto isso, uma garçonete loura trouxe à mesa uma comprida caixa entalhada. Com grande satisfação,

Pajerski abriu-a e tirou as peças. A própria caixa se desdobrava para formar um tabuleiro de xadrez. Ele se apropriou das peças brancas, com sua vantagem do primeiro lance, sem dar ao oponente a chance de escolher entre uma peça branca ou preta, escondida em punho fechado. Era uma amostra do caráter do gigantesco húngaro. Não havia mudado.

Rogan e Vrostk observaram a mesa de Pajerski a noite inteira. O húngaro jogou xadrez até as 21h, bebendo simultaneamente. Exatamente nesse horário a garçonete loura tirou as peças de xadrez da mesa e serviu o jantar.

Pajerski comeu com um prazer tão animal que Rogan quase lamentava ter de matá-lo. Era como matar um bicho feliz e incapaz de raciocínio. Pajerski ergueu a tigela de sopa aos lábios para sorver os restos. Usava uma grande colher, em vez de um garfo, para enfiar na boca cavernosa montanhas de arroz ensopado em molho de carne. Bebeu seu vinho da garrafa com uma urgente sede gorgolejante. E então soltou uma onda de arrotos que rolaram pela sala.

Quando terminou, Pajerski pagou o jantar de todo mundo, beliscou o traseiro da garçonete e enfiou uma grande gorjeta em dinheiro amarrotado dentro do vestido dela para que pudesse apalpar seus seios. Todos toleravam seu comportamento; obviamente, gostavam muito dele ou tinham muito medo. Seus companheiros o seguiram pelas ruas escuras, marchando de braços dados, falando alto. Quando passaram por um café aberto cuja música chegava até a rua, Pajerski dançou uma valsa na calçada rodopiando como um grande urso com o companheiro mais próximo em seus braços.

Rogan e Vrostk os seguiram até desaparecerem num edifício com a fachada ornamentada. Então Vrostk pegou um táxi e foram até o consulado. Ele deu a Rogan o dossiê do húngaro para ler.

— Isso o colocará a par do resto da noite de Pajerski — disse. — Não precisaremos segui-lo para lugar algum. Ele faz o mesmo todas as noites.

O dossiê era curto, mas informativo. Wenta Pajerski era o oficial executivo da polícia secreta comunista em Budapeste. Trabalhava duro de dia no edifício administrativo da prefeitura. Também morava nele. Tanto o escritório como seus aposentos residenciais eram fortemente protegidos por destacamentos da polícia secreta. Sempre deixava o edifício pontualmente às 18h30, mas era escoltado por guardas à paisana. Pelo menos dois guardas oficiais estavam entre os homens que caminhavam com ele rua abaixo.

Wenta Pajerski era o único dos sete torturadores que continuara no mesmo tipo de atividade. Cidadãos comuns suspeitos de atividades contra o Estado desapareciam em seu escritório e nunca mais eram vistos. Era tido como responsável pelo sequestro de cientistas da Alemanha Ocidental e estava no topo da lista de criminosos da Guerra Fria que o Ocidente gostaria de ver liquidados. Rogan deu um sorriso sinistro. Entendia a cooperação de Bailey e por que Vrostk estava tão ansioso para que todas as informações fossem passadas a ele. A repercussão do assassinato de Pajerski abalaria toda a cidade de Budapeste.

O dossiê também explicava o edifício de fachada ornamentada em que Pajerski entrara com seus amigos. Era o bordel mais caro e exclusivo não só em Budapeste, mas também em toda a área atrás da Cortina de Ferro. Depois de acariciar cada garota na sala de estar, Pajerski nunca levava menos que duas para satisfazê-lo no andar de cima. Uma hora depois reaparecia na rua, tragando um enorme charuto, parecendo tão contente quanto um urso pronto para hibernar. Mas tanto dentro da casa como fora dela, seus guardas ficavam o mais próximo possível dele, sem interferir em seus prazeres. Não era vulnerável naquela área.

Rogan fechou o dossiê e olhou para Vrostk.

— Há quanto tempo sua organização vem tentando matá-lo? — perguntou.

Vrostk fez uma careta.

— O que o faz pensar isso?

— Tudo neste dossiê. Hoje cedo você me falou um monte de bobagens, de como é o grande chefe desta operação porque é um agente muito melhor que eu. Acatei. Mas você não é meu chefe. Vou lhe dizer o que tem de saber e conto com você para me colocar fora do país depois que eu matar Pajerski. Mas isso é tudo. E vou lhe dar um bom conselho. Não me venha com nenhum truque, nenhum destes golpes baixos do serviço secreto. Eu o mataria assim que terminasse com Pajerski. Antes, até. Prefiro ele. — E Rogan lançou-lhe um sorriso brutalmente frio.

Stefan Vrostk corou.

— Não quis ofendê-lo. Minhas intenções eram as melhores possíveis.

Rogan deu de ombros.

— Não fiz esse longo caminho até aqui para ser manipulado como uma marionete. Vou quebrar seu galho, vou matar Pajerski para você. Mas nunca mais tente mandar em mim.

Rogan deixou sua poltrona e saiu pela porta. Vrostk seguiu-o e o conduziu para fora do consulado e, então, estendeu a mão. Rogan ignorou-a e foi embora.

Não podia explicar por que fora tão duro com Vrostk. Talvez fosse o sentimento de que apenas um acidente do tempo e da história o impedira de ser um dos sete homens naquele salão. Mas era também o fato de que não confiava nele ainda assim. Qualquer um que agisse de maneira tão autoritária em pequenos detalhes tinha de ser fraco.

Sem confiar em mais ninguém, Rogan verificou o dossiê por meio de observação pessoal. Durante seis dias, frequentou o café Black Violin e memorizou cada movimento de Pajerski. O dossiê revelou-se correto em cada detalhe. Mas Rogan notou algo que não estava documentado. Pajerski, como muitos gigantes geniais, sempre procurava uma vantagem. Por exemplo, pegava as peças brancas, todas as vezes, sem exceção, nos jogos de xadrez. Tinha um hábito nervoso de coçar o queixo com a coroa pontuda da peça do rei. Rogan também notou que, embora o xadrez fosse propriedade do Black Violin, só era cedido a outros frequentadores depois que Pajerski tivesse terminado.

O húngaro também passava por um café cuja música o deliciava e invariavelmente encenava sua dança, parecendo um urso, quando a ouvia. A dança levava-o geralmente uns 27 metros à frente de seus guardas até uma esquina, que ele então dobrava. Durante talvez um minuto ficava fora da visão de seus guardas, sozinho e vulnerável. Vrostk não era um agente tão especial, uma vez que aquele minuto vulnerável não fora registrado no dossiê. A não ser que tivesse sido omitido deliberadamente.

Rogan continuou sondando. Achou o bordel um lugar provável para pegar Pajerski desprotegido. Mas descobriu que dois homens da polícia secreta invariavelmente assumiam seus postos do lado de fora da porta do quarto enquanto o húngaro se exercitava lá dentro.

O problema era reconhecidamente difícil. Os aposentos residenciais e de trabalho dele eram inexpugnáveis. Só à noite ficava ligeiramente vulnerável. Quando dançasse, naquela esquina, haveria um minuto para matá-lo e escapar. Mas um minuto não seria o suficiente para fugir dos guardas que correriam atrás dele. Em sua cabeça, Rogan revia sem parar cada movimento de Pajerski, procurando uma brecha fatal na armadura de segurança do homem. Na sexta à noite, ele adormeceu com o problema ainda não solucionado. O que tornava a coisa ainda mais difícil é que Pajerski teria de saber por que estava sendo morto antes de morrer. Para Rogan isso era essencial.

No meio da noite, acordou. Tivera um sonho em que jogava xadrez com Wenta Pajerski, e este dizia: "Seu *Amerikaner* estúpido, você recebeu um xeque-mate há três lances." E Rogan continuava olhando para o tabuleiro, buscando o ardiloso lance ganhador, olhando para o enorme rei branco entalhado na madeira. Sorrindo maliciosamente, Pajerski pegou o rei branco e usou sua coroa pontuda para coçar o queixo. Era uma deixa. Rogan ergueu-se e se sentou na cama. O sonho lhe dera a resposta. Ele sabia como iria matar Pajerski.

No dia seguinte, foi ao consulado e pediu para ver Vrostk. Quando disse ao agente quais ferramentas e de que outro equipamento precisaria, Vrostk olhou para ele atônito, mas Rogan recusou-se a explicar. Vrostk disse que levaria pelo menos o resto do dia para reunir tudo que ele pedira. Rogan assentiu com a cabeça.

— Passo aqui amanhã de manhã para pegar. Amanhã à noite, seu amigo Pajerski estará morto.

CAPÍTULO 15

Em Munique, cada dia era igual para Rosalie. Instalara-se na pensão para aguardar a volta de Rogan. Verificou os horários no aeroporto de Munique e descobriu que havia um voo diário de Budapeste chegando às 22h. Depois disso, toda noite ela esperava no portão para ver os passageiros que desembarcavam do voo vindo da Hungria. Sentia que Rogan poderia não voltar para ela, que não desejaria vê-la envolvida no assassinato de Von Osteen. Mas como ele era o único homem, o único ser humano que ela queria bem, ia toda noite ao aeroporto. Rezou para que ele não tivesse morrido na Sicília; e então, à medida que o tempo passava, rezava para que ele não tivesse morrido em Budapeste. Mas não importava. Estava preparada para fazer sua peregrinação noturna pelo resto da vida.

Durante a segunda semana, ela foi fazer compras na praça central de Munique. Era onde ficava o Palácio da Justiça. Tinha escapado milagrosamente dos danos da guerra e abrigava os tribunais da cidade. Comandantes e guardas de campos de concentração nazistas estavam sendo julgados por seus crimes de guerra naqueles tribunais praticamente a cada sessão.

Num impulso, Rosalie entrou no edifício imponente. No vestíbulo frio e escuro, estudou os quadros de editais públicos para ver se Von Osteen atuava como juiz naquele dia. Não fora escalado. Então um pequeno anúncio atraiu seu olhar. A corte municipal oferecia um posto de enfermeira para trabalhar no ambulatório de emergência do tribunal.

De novo, por impulso, Rosalie candidatou-se ao posto. Seu treinamento no asilo lhe dera o conhecimento básico necessário e ela foi aceita imediatamente. Havia grande carência de pessoal médico em todas as cidades alemãs no pós-guerra.

O ambulatório de emergência ficava no porão do Palácio da Justiça. Tinha sua própria entrada privativa, uma pequena porta que dava para um imenso pátio interno. Com horror, Rosalie se deu conta de que foi nesse pátio que Rogan, ferido, fora jogado numa pilha de cadáveres.

A sala de emergência era de uma atividade impressionante. Mulheres de criminosos condenados, sentenciados a longos períodos na prisão, desmaiavam e eram trazidas para serem reanimadas. Trapaceiros idosos sob julgamento sofriam ataques do coração. Os deveres de Rosalie eram mais burocráticos que médicos. Ela devia registrar cada caso num imenso livro azul na mesa da recepção. O jovem médico de plantão ficou imediatamente fascinado por sua beleza e convidou-a para jantar. Ela recusou com um sorriso polido. Alguns dos advogados empertigados que acompanhavam seus clientes doentes ao ambulatório perguntavam-lhe se estaria interessada em trabalhar em seus escritórios. Ela sorria educadamente para eles e dizia não.

Só se interessava por um homem no Palácio da Justiça de Munique: Klaus Von Osteen. Quando ele se sentava no tribunal, ela comparecia ao julgamento saindo tardiamente para a hora de almoço ou deixando de almoçar.

Não era o homem que imaginara. Tinha uma feiura honesta, mas sua voz era bondosa e suave. Tratava os réus com extrema cortesia e um traço de compaixão genuína e misericordiosa. Ela o ouviu sentenciar um homem julgado culpado por um crime particularmente violento e sádico sem resvalar para o costumeiro rigor de um juiz aplicando a punição. Deixou que o condenado mantivesse sua dignidade.

Um dia ela se viu diretamente atrás dele numa rua perto do Palácio e o seguiu enquanto ele mancava. Uma de suas pernas era mais curta que a outra. Ia acompanhado por um detetive que fazia sua guarda, alguns passos atrás, muito alerta. Mas o próprio Von Osteen parecia preocupado. Apesar disso, era extremamente cortês com as pessoas que o cumprimentavam na rua e com o chofer do carro oficial que lhe era destinado.

Rosalie notou que o homem tinha um magnetismo extraordinário. O respeito demonstrado por seus colegas juízes, pelos funcionários do tribunal e pelos advogados testemunhava a força de caráter de Von Osteen. E, quando uma mulher carregada de pacotes colidiu com ele na rua, o juiz a ajudou a apanhar suas coisas do chão, embora fizesse caretas de dor. Fez aquilo com genuína cortesia. Era difícil acreditar que fosse esse o homem que Rogan tanto odiava.

Rosalie descobriu tudo o que podia sobre Von Osteen a fim de passar a informação para Rogan quando ele chegasse a Munique. Soube que o juiz tinha uma mulher poderosa na vida social de Munique, uma aristocrata com brilho próprio. Era muito mais jovem que ele. Não tinham filhos. Soube também que ele exercia maior controle político sobre a cidade que qualquer outro funcionário, incluindo o burgomestre. Era também apoiado pelos funcionários do Departamento de Estado norte-americano e um democrata convicto, tanto antinazista como anticomunista.

Apesar de tudo isso, bastava-lhe saber que Rogan odiava o homem para fazer com que as virtudes dele não contassem nada. Manteve uma agenda com os hábitos de Von Osteen para facilitar a Rogan a tarefa de matá-lo.

E toda noite, às 22h, ela esperava no aeroporto pelo voo de Budapeste, certa de que ele voltaria.

CAPÍTULO 16

Quando Rogan acordou em seu último dia em Budapeste, seu primeiro ato foi destruir os dossiês que tinha compilado sobre os sete homens. Então, revistou seus pertences para ver se havia algo que queria guardar. Mas não havia nada, exceto seu passaporte.

Guardou o restante e carregou as malas para a estação ferroviária. Colocou-as num guarda-volumes vazio e deixou a estação. Atravessando uma das muitas pontes da cidade, casualmente deixou cair a chave do armário. Seguiu, então, para o consulado.

Vrostk tinha reunido tudo de que ele precisava. Rogan verificou todos os itens: a pequena broca de joalheiro e as ferramentas de corte e raspagem, os pequenos arames, o *timer*, o explosivo líquido e algumas minúsculas peças eletrônicas. Rogan sorriu e disse:

— Muito bom.

Vrostk vangloriou-se:

— Tenho uma organização muito eficiente. Não foi fácil conseguir todas estas coisas em tão pouco tempo.

— Para mostrar meu apreço, vou lhe pagar um café da manhã no Black Violin. Então voltaremos aqui e trabalharei com este material. E também vou lhe contar o que pretendo fazer.

No Black Violin, pediram café e brioches. E, para surpresa óbvia de Vrostk, Rogan pediu a caixa de xadrez. A garçonete a trouxe, e ele colocou as peças, pegando as brancas para si mesmo.

Vrostk disse com uma voz irritada:

— Não tenho tempo para estas besteiras. Tenho de voltar ao escritório.

— Jogue — pediu Rogan.

Algo em sua voz deixou Vrostk subitamente quieto. Permitiu que Rogan fizesse o primeiro lance e depois moveu seu peão preto. O jogo acabou logo. Vrostk venceu com facilidade e as peças foram colocadas de volta na caixa para que a garçonete as levasse. Rogan deu uma boa gorjeta. Fora do café, chamou um táxi para levá-los de volta ao consulado. Tinha pressa agora; cada momento era valioso.

No escritório, Rogan sentou-se à mesa sobre a qual se achava o equipamento especial.

Vrostk estava zangado, era a raiva arredia de um homem medíocre.

— O que significa toda esta bobagem? — perguntou.

— Exijo saber.

Rogan colocou a mão direita no bolso do paletó e, punho fechado, tirou-a. Estendeu a mão a Vrostk e então a abriu. Sobre a palma, estava o rei branco.

Rogan trabalhou com afinco na mesa por quase três horas. Com a broca, fez um furo na base do rei e depois a retirou inteiramente. Trabalhando muito meticulosamente, escavou o interior da peça de xadrez e preencheu a parte oca com explosivo líquido, fios e minúsculas peças eletrônicas. Quando terminou, colocou de volta a base e, então, com flanela fina e esmalte, ocultou todos os arranhões e lascas. Sopesou a peça de xadrez na mão, tentando sentir se o peso extra era óbvio demais. Notou uma pequena diferença, mas raciocinou que isso ocorria exatamente porque ele procurava essa diferença. A peça não chamaria atenção.

Virou-se para Vrostk.

— Às 20h, esta coisa explodirá na cara de Pajerski. Preparei de modo que ninguém mais será ferido. Só há o suficiente para matar o homem que segura a peça. E Pajerski sempre coça o queixo com ela. Isso e o dispositivo de tempo detonarão o explosivo. Se eu vir outra pessoa segurando a peça, vou interferir e desativá-la. Mas observei Pajerski e tenho certeza de que ele vai ser o sujeito que terá a peça na mão às 20h hoje à noite. Quero que você tenha seus agentes clandestinos à espera para me pegarem na esquina a duas quadras do café. Conto com sua organização para me tirar do país.

— Quer dizer que vai ficar no café até que Pajerski seja morto? — perguntou Vrostk. — Isso é loucura. Por que não sai antes?

— Quero garantir que ninguém mais morra — disse Rogan. — E, antes que ele morra, quero também que saiba quem o matou e por quê, e só posso fazer isso se estiver lá.

Vrostk deu de ombros.

— É problema seu. Quanto a meu pessoal pegá-lo a duas quadras do café, acho perigoso demais para eles.

Terei uma limusine Mercedes preta à sua espera na frente do consulado, com a bandeira da instituição. A que horas quer que esteja a postos?

Rogan franziu a testa.

— Talvez eu mude a hora da explosão ou talvez ele detone antes do programado se coçar demais seu queixo. É melhor ter o carro à minha disposição a partir das 19h30 e diga que me esperem às 20h10. Vou a pé e entrarei no carro sem nenhum alarde. Suponho que me conheçam de vista. Você me mostrou a eles?

Vrostk sorriu.

— Claro. Agora suponho que nós dois vamos almoçar e jogar xadrez no Black Violin para que você possa devolver o rei branco.

Rogan sorriu.

— Está ficando mais esperto a cada minuto.

Tomando café, jogaram uma segunda partida de xadrez e Rogan venceu com facilidade. Quando deixaram o local, o rei branco recheado de explosivo estava a salvo em meio às outras peças de xadrez.

Naquela tarde, Rogan deixou seu pequeno quarto de hotel exatamente às 18h. A pistola Walther estava enfiada debaixo do braço, abotoada seguramente em seu coldre. O silenciador, no bolso esquerdo do paletó. O passaporte e seus vistos estavam no bolso interno. Caminhou lenta e calmamente até o Black Violin e sentou à sua costumeira mesinha num canto. Abriu um jornal, pediu um vinho Tokay e disse à garçonete que escolheria a comida depois.

Tinha bebido metade da garrafa quando Wenta Pajerski entrou ruidosamente no café. Rogan conferiu seu relógio.

O gigante húngaro estava rigorosamente no horário, eram 19h. Viu Pajerski beliscar a garçonete loura, gritar para os amigos que o esperavam e tomar seu primeiro drinque. Estava na hora de pedir seu jogo de xadrez, mas pediu um segundo drinque. Rogan ficou tenso. Seria esta a primeira noite que Pajerski deixaria de lado sua partida de xadrez? Por algum motivo, ela parecia ter fugido de sua memória nesta noite. Mas então, sem nenhuma solicitação, a garçonete trouxe a caixa de xadrez para a mesa de Pajerski, à espera do beliscão que premiaria sua iniciativa.

Parecia que o húngaro a mandaria embora. Mas ele sorriu, seu verruguento rosto suíno tornando-se uma massa de jovialidade. Beliscou a garçonete loura com tanta força que ela deu um gritinho de dor.

Rogan chamou-a e pediu-lhe um lápis e um pedaço de papel. Olhou o relógio. Marcava 19h30. No áspero papel pardo, escreveu: "Vou transformar seus gritos de prazer em dor. *Rosenmontag*, 1945, Palácio da Justiça de Munique."

Esperou até que o relógio marcasse 19h55, e, então, chamou uma garçonete e lhe deu a nota.

— Entregue isto ao Sr. Pajerski. Depois volte imediatamente aqui que eu lhe darei isto.

E mostrou a ela uma nota que representava mais que seu salário semanal. Não queria que ela estivesse perto quando a bomba explodisse.

Pajerski coçava o queixo com o rei branco quando a garçonete lhe entregou a nota. Leu devagar, traduzindo o inglês audivelmente, movendo os lábios. Ergueu os olhos para encarar Rogan, que retribuiu o olhar, sorrindo levemente. Seu relógio marcava 19h59. E então, quando viu o reconhecimento se desenhar nos olhos de Pajerski, o rei branco explodiu.

A explosão foi ensurdecedora. Pajerski segurava a peça de xadrez na mão direita debaixo do queixo. Rogan olhava-o fixamente nos olhos. Então, subitamente, os olhos de Pajerski desapareceram na explosão e ele ficou olhando para duas órbitas vazias e ensanguentadas. Pedaços de carne e osso espalharam-se por todo o salão, e a cabeça de Pajerski, sua carne retalhada, rolou para baixo agarrada a pedaços de pele que ainda prendiam o pescoço ao corpo. Rogan deslizou de sua cadeira e saiu do café pela porta da cozinha. A turba aos berros e em debandada não prestou atenção nele.

Lá fora, na rua, caminhou um quarteirão até uma avenida principal e chamou um táxi.

— Siga para o aeroporto — disse ao chofer; então, para se certificar, acrescentou: — Pegue a rua que passa pelo consulado americano.

Podia ouvir o uivo das sirenes dos carros policiais correndo para o café Black Violin. Em poucos minutos, seu táxi estava na ampla avenida que passava pelo consulado.

— Não vá tão rápido — disse ao motorista. Inclinou-se para trás a fim de não ser visto na rua.

Não havia nenhuma limusine Mercedes à espera. Não havia qualquer veículo na rua, o que era fora do comum. Mas havia uma quantidade impressionante de pedestres esperando para atravessar nos cruzamentos e olhando as vitrines. A maioria deles eram homens grandalhões. Para o olhar experiente de Rogan, estava escrito na cara deles que eram policiais.

— Siga rápido para o aeroporto — disse ao motorista. Foi então que notou o que parecia quase uma frigidez física no peito. Era como se todo o seu corpo começasse a ser tocado pela morte. Sentia o gelo espalhar-se. Mas não estava com frio. Não sentia nenhum desconforto físico real. Era simplesmente como se ele houvesse se tornado um hospedeiro da morte.

Não teve problemas para chegar ao avião. Seu visto estava em ordem e não havia nenhum sinal especial de atividade policial no aeroporto. Seu coração bateu mais rapidamente ao embarcar, mas novamente não houve complicações. O avião decolou e planou no céu a caminho da fronteira alemã e de Munique.

Naquela noite, Rosalie deixou o trabalho de auxiliar de enfermagem no Palácio da Justiça de Munique exatamente às 18h. O jovem médico que trabalhava com ela insistiu para que jantassem. Receosa de perder o emprego, concordou. Ele prolongou a refeição pedindo vários pratos. Passava das 21h quando terminaram. Rosalie olhou para o relógio.

— Peço que me desculpe, tenho um compromisso importante às 22h — disse ela, e começou a apanhar o casaco e as luvas.

O jovem médico mostrou um ar desapontado no rosto. Não ocorreu a Rosalie que ela poderia deixar de esperar o avião apenas uma vez e fazer companhia ao médico pelo resto da noite. Se ela deixasse de ir uma noite sequer, isso significaria que ela achava que Rogan estava morto. Saiu do restaurante e chamou um táxi. Quando chegou ao aeroporto, já eram quase 22h. Quando correu pelo terminal até o portão de desembarque do voo vindo de Budapeste, os passageiros já estavam saindo. Por força do hábito, acendeu um cigarro enquanto os observava. Então viu Rogan, e seu coração quase explodiu.

Parecia terrivelmente doente. Seus olhos estavam encovados, os músculos do rosto retesados e havia uma estranha rigidez em seus movimentos. Não a tinha visto, e ela começou a correr em sua direção, gritando seu nome em meio a soluços.

Rogan escutou a batida dos saltos de uma mulher no mármore e ouviu Rosalie gritando seu nome. Começou a se virar, mas depois voltou para agarrá-la enquanto ela se jogava em seus braços. Beijou seu rosto molhado e seus olhos adoráveis enquanto ela sussurrava:

— Estou tão feliz, estou tão feliz. Vim aqui todas as noites e toda noite imaginei que você pudesse ter morrido, e que eu nunca saberia. Viria aqui pelo resto da minha vida.

Apertando-a contra seu corpo, sentindo seu calor, Rogan percebeu que a frigidez gélida que o invadira começava a se derreter, como se estivesse voltando à vida. Sabia que teria de mantê-la ao seu lado.

CAPÍTULO 17

Foram em um táxi até a pensão, e Rosalie conduziu Rogan ao quarto que ela ocupou enquanto estava sozinha em Munique. Era um local confortável, um misto de quarto de dormir e sala de estar, com um pequeno sofá verde encurvado. Havia um vaso de rosas murchas sobre a mesa, um pouco de seu odor ainda pairava no ar. Rogan abraçou Rosalie assim que fecharam a porta atrás de si. Despiram-se rapidamente e foram para a cama, onde fizeram amor num frenesi, muito tenso.

Fumaram um cigarro juntos no escuro e então Rosalie começou a chorar.

— Por que não pode parar agora? — sussurrou. — Por que não pode simplesmente parar?

Rogan não respondeu. Sabia o que ela queria dizer. Que se ele deixasse Von Osteen livre, sua vida e a dela poderiam recomeçar. Eles ficariam vivos. Se ele fosse atrás de Von Osteen, as possibilidades de escapar seriam pequenas. Rogan suspirou. Jamais poderia dizer a outro ser humano o que o juiz lhe fizera no Palácio da Justiça de Munique, era vergonhoso demais. Tanto quanto fora a tentativa de matá-lo. Só sabia uma coisa: jamais seria capaz de viver na

Terra enquanto Von Osteen estivesse vivo. Nunca poderia dormir uma noite sem pesadelos enquanto Von Osteen estivesse vivo. Para equilibrar seu mundo particular, tinha de matar o sétimo e último homem.

E, no entanto, de um modo estranho, ele temia o momento em que o encontrasse novamente. Precisava lembrar a si mesmo que agora Von Osteen seria a vítima, seria ele quem gritaria de medo, quem desmaiaria de terror. Mas era difícil imaginar tudo isso. Pois naqueles dias terríveis em que os sete homens o haviam torturado no Palácio da Justiça de Munique, naqueles dias de pesadelo em que os gritos de Christine, vindos da sala ao lado, faziam seu corpo tremer de angústia, Rogan encarara Klaus von Osteen finalmente como Deus, e quase chegara, atemorizadamente, a amá-lo.

Rosalie tinha adormecido, seu rosto ainda molhado de lágrimas, e Rogan acendeu outro cigarro. Sua mente, sua memória invencível e todas as agonias da lembrança aprisionaram-no novamente naquele salão abobadado.

Nas primeiras horas da manhã, os guardas da prisão vinham a sua cela com pequenos cassetetes de borracha e um velho balde de lata para seu vômito. Usavam os cassetetes para bater em seu estômago, em suas coxas, em sua genitália. Preso e imobilizado contra as grades de ferro de sua cela, Rogan sentia a bile negra subir até a boca e tinha ânsia de vômito. Um dos guardas apanhava habilidosamente o vômito no balde de lata. Nunca faziam perguntas. Batiam nele automaticamente, só para preparar a atmosfera daquele dia.

Num carrinho, outro guarda trazia uma bandeja de café da manhã, na qual havia um pedaço de pão preto e uma tigela com uma pasta acinzentada que chamavam de mingau de aveia. Faziam Rogan comer e, como ele estava sempre faminto, ele engolia o mingau e mastigava o pão, que era borrachudo e azedo. Depois, os guardas ficavam de pé num círculo como se fossem surrá-lo de novo. O medo físico de Rogan, os órgãos de seus corpos enfraquecidos pela desnutrição e pela tortura impossibilitavam o controle de seus intestinos nesse momento. Soltavam-se contra sua vontade. Podia sentir o fundo da calça ficando pegajoso à medida que o mingau escorria para fora dele.

Enquanto o mau cheiro enchia a cela, os guardas arrastavam-no para fora da prisão e ao longo dos corredores do Palácio. Os corredores de mármore estavam desertos àquela hora, tão cedo, mas Rogan tinha vergonha do rastro de pequenos pontos marrons que deixava atrás de si. Seus intestinos ainda estavam soltos e, embora ele concentrasse toda a sua energia nervosa para fechá-los, podia sentir ambas as pernas da calça molhadas. O fedor acompanhava-o ao longo do caminho. E então os hematomas inchados de seu corpo absorviam sua vergonha até que tinha de sentar diante de seus sete interrogadores, com a sujeira pegajosa se colando ao longo de sua região lombar.

Os guardas algemavam seus braços e pernas a uma pesada cadeira de madeira e colocavam as chaves sobre a comprida mesa de mogno. Assim que um dos sete interrogadores chegava para começar os trabalhos do dia, os guardas saíam. Então, os outros membros da equipe de interrogatório iam chegando, alguns segurando as xícaras de café da manhã. Durante a primeira semana, Klaus von Osteen sempre chegava por último. Essa foi a semana em que a tortura física "normal" foi usada em Rogan.

Em razão da natureza complexa da informação que Rogan tinha que dar — os códigos intrincados e a energia mental exigida para lembrar seus modelos digitais — a tortura física acabava sendo massacrante demais para que ele processasse o pensamento. Depois da tortura, Rogan não poderia ter dado a chave dos códigos mesmo que quisesse. Foi Klaus von Osteen quem primeiro entendeu isso e ordenou que a persuasão física fosse mantida num mínimo "suave". Depois disso, ele passou a ser o primeiro membro da equipe de interrogatório a chegar pela manhã.

Nas primeiras horas do dia, o rosto aristocrático belamente esculpido de Von Osteen estava pálido com seu talco de barbear, seus olhos ainda suaves do sono. Uma geração mais velho que Rogan, era o pai que todo jovem gostaria de ter; uma aparência distinta sem ser afetado; sincero sem ser escorregadio ou bajulador; grave, mas com um toque de humor; justo, mas severo. E, nas semanas que se seguiram, Rogan, enfraquecido pela fadiga física, falta de alimentação e sono adequados, pela constante tortura de seus nervos, veio a sentir em Von Osteen uma figura protetora, paterna, que o castigava para seu próprio bem. Seu intelecto rejeitava essa atitude como ridícula. O homem era o chefe de seus torturadores, responsável por toda a sua dor. No entanto, emocional e esquizofrenicamente, ele esperava por Von Osteen toda manhã como uma criança espera pelo pai.

Na primeira manhã em que Von Osteen chegou antes dos outros, ele pôs um cigarro na boca de Rogan e o acendeu. Então falou, não interrogando, mas explicando a própria posição. Ele, Von Osteen, estava cumprindo seu dever para com a pátria ao interrogá-lo. Rogan não devia pensar que era uma coisa pessoal. Sentia afeto por Rogan, que era jovem o bastante para ser o filho que ele nunca teve. Ficava triste com a teimosia do prisioneiro. Que propósito haveria naquela atitude infantil de desafio? Os códigos secretos no cérebro de Rogan não seriam mais usados pelos Aliados, isso era uma certeza. Havia se passado tempo suficiente para que qualquer informação que lhes desse se tornasse inútil. Por que Rogan não podia acabar com essa tolice e poupar todos eles do sofrimento? Pois os torturadores sofriam com os torturados. Ele achava que não?

Então ele tranquilizava Rogan. O interrogatório terminaria. A guerra terminaria. Rogan e sua mulher Christine voltariam a ficar juntos e felizes. A febre de guerra e assassinato acabaria, e os seres humanos não teriam mais de temer uns aos outros. Rogan não deveria se desesperar. E Von Osteen dava um tapinha reconfortante em seu ombro.

Mas, quando os outros interrogadores entravam saltitantes na sala, os modos de Von Osteen mudavam. Novamente se tornava o interrogador-chefe. Seus olhos profundos penetravam nos de Rogan. Sua voz melodiosa tornava-se áspera, estridente. No entanto, curiosamente, era a dureza de um pai rígido com uma nota de amor por seu filho rebelde. Havia algo tão magnético, tão poderoso na personalidade de Von Osteen que Rogan acreditava no papel que ele desempenhava, que o interrogatório era justo, que ele, Rogan, provocara a dor física sobre si mesmo.

Então vieram os dias em que ouvia os gritos de Christine da sala ao lado. Naqueles dias, Von Osteen não chegava cedo de manhã, mas sempre por último. E veio aquele dia terrível em que deixaram-no entrar na sala ao lado e lhe mostraram o toca-discos e o disco que preservava a agonia de Christine. Von Osteen dissera sorridente:

— Ela morreu no primeiro dia de tortura. Nós o enganamos.

E Rogan, odiando-o naquele momento com tamanha intensidade, ficou enjoado; a bile escorria de sua boca sobre a roupa da prisão.

Von Osteen havia mentido até então. Genco Bari disse que Christine tinha morrido durante o parto, e Rogan acreditava em Bari. Mas por que Von Osteen mentira? Por que desejava que seu povo parecesse pior ainda do que era? E, então, recordando, percebeu a brilhante psicologia por trás de cada palavra e ato de Von Osteen.

O ódio que sentia por aqueles que tinham matado sua mulher o fizera querer permanecer vivo. Queria ficar vivo para poder matar todos eles e sorrir sobre seus corpos torturados. E foi esse ódio e essa esperança de vingança que fizeram desmoronar sua resistência e, nos meses seguintes, o levaram a começar a entregar a seus interrogadores todos os códigos secretos dos quais se lembrava.

Von Osteen começou a chegar cedo novamente, sendo sempre o primeiro na sala de interrogatório. De novo começou a consolar Rogan, sua voz magnética e compreensiva. Depois dos três primeiros dias, sempre tirava as algemas dos braços e das pernas de Rogan e trazia-lhe café e cigarros como desjejum. Continuava assegurando a ele que seria libertado assim que completasse a decifração dos códigos. E, então, numa manhã, ele chegou bem cedo, trancou a porta do salão abobadado atrás de si e disse a Rogan:

— Vou contar um segredo que você deve prometer não revelar a ninguém.

Rogan assentiu com a cabeça. Von Osteen, com seu rosto grave e amistoso, continuou:

— Sua mulher ainda está viva. Ontem ela deu à luz um menino. Os dois passam bem e estão sendo muito bem-cuidados. E lhe dou minha palavra de honra solene que vocês três estarão juntos quando acabar de nos dar toda a informação de que precisamos. Mas não deve falar uma palavra sobre isso aos outros. Eles podem causar problemas, uma vez que estou excedendo os limites de minha autoridade ao lhe fazer esta promessa.

Rogan ficou atônito. Examinou o rosto de Von Osteen para ver se o homem estava mentindo. Mas não havia como duvidar da generosa sinceridade nos olhos do alemão, a suave bondade que parecia ser a essência mesmo de seus ossos faciais. Rogan acreditou. E o pensamento de que Christine estava viva, de que ele veria seu belo rosto de novo, de que teria de novo em seus braços seu corpo esbelto e de que ela não estava morta e debaixo da terra — tudo isso o levou a um colapso nervoso e a um choro convulsivo. Von Osteen deu-lhe um tapinha no ombro dizendo baixinho com sua voz hipnótica:

— Eu sei, eu sei. Lamento muito não ter podido contar isso antes. Era tudo um truque, você sabe, parte do meu trabalho. Porém, agora isso não é mais necessário e eu queria fazê-lo feliz.

Fez Rogan secar suas lágrimas e então destrancou a porta da sala de interrogatório. Os outros seis homens estavam à espera do lado de fora, xícaras de café nas mãos. Pareciam zangados por terem sido deixados do lado de fora, zangados porque seu líder, de certa forma, era um aliado da vítima.

Naquela noite, em sua cela, Rogan sonhou com Christine e com o bebê que nunca tinha visto. Estranhamente, o rosto da criança estava bem claro em seu sonho, gorducho de bochechas rosadas, enquanto o rosto de Christine estava oculto nas sombras. Quando a chamou, ela saiu das sombras e pôde vê-la: pôde ver que estava feliz. Rogan sonhava com eles toda noite.

Cinco dias depois, chegou a *Rosenmontag* e, quando Von Osteen entrou na sala, ele carregava roupas civis. Deu um sorriso genuinamente feliz e disse a Rogan:

— Hoje é o dia em que vou cumprir minha promessa.

— E então os outros seis homens amontoaram-se na sala. Congratularam Rogan como se fossem professores que o tinham ajudado a graduar-se na universidade com honras. Rogan começou a vestir as roupas. Genco Bari ajudou-o a dar o nó na gravata, mas Rogan não tirava os olhos de Von Osteen, com uma pergunta muda nos olhos, querendo saber se veria sua mulher e seu filho. E Von Osteen entendeu e assentiu com a cabeça, secreta e tranquilizadoramente. Alguém enfiou o chapéu fedora em sua cabeça.

Parado ali, olhando para seus rostos sorridentes, percebeu que estava faltando um deles. Então sentiu o cano frio da arma contra sua nuca e o chapéu empurrado para a frente sobre seus olhos. Naquele milionésimo de segundo, ele entendeu tudo e lançou um olhar desesperado para Von Osteen, gritando em sua mente: "Pai, pai, eu acreditei. Pai, eu perdoei toda a sua tortura, toda a sua traição. Perdoei-o por matar minha mulher e me dar esperança. Salve-me agora. Salve-me agora." E a última coisa que ele viu antes que sua nuca explodisse foi o rosto gentil de Von Osteen contorcendo-se numa risada diabólica de desdém.

Agora, deitado na cama ao lado de Rosalie, Rogan sabia que matar Von Osteen apenas uma vez não o satisfaria. Deveria haver um jeito de trazê-lo de volta à vida e de matá-lo repetidas vezes. Pois Von Osteen havia buscado a própria essência de humanidade em ambos e, em troca de uma mera piada, a traíra.

Quando Rogan acordou na manhã seguinte, Rosalie já tinha o café da manhã pronto à sua espera. O quarto não possuía cozinha, mas ela usara uma chapa quente para fazer o café e comprara pãezinhos. Enquanto comiam, ela contou a ele que Klaus von Osteen não estaria no tribunal naquele dia, mas sentenciaria um prisioneiro na manhã seguinte. Revisaram tudo o que ela sabia sobre Von Osteen — o que contara a Rogan antes de sua ida para a Sicília e o que ela ficara sabendo depois. Von Osteen era uma figura política poderosa em Munique e tinha o apoio do Departamento de Estado norte-americano para uma escalada mais ambiciosa para o poder. Como juiz, tinha uma guarda de 24 horas em sua casa e quando saía à rua. Ele só ficava sem guardas pessoais no Palácio da Justiça de Munique, que tinha sua própria segurança policial. Rosalie também contou a Rogan sobre o emprego como assistente de enfermeira no Palácio da Justiça de Munique.

Rogan sorriu para ela.

— Você pode me colocar lá sem que eu seja visto?

Rosalie assentiu com a cabeça.

— Se você tiver de ir lá... — disse ela.

Rogan não respondeu por um momento. Então falou:

— Amanhã de manhã.

Depois que ela foi trabalhar, Rogan saiu para tomar algumas providências. Comprou o kit de limpeza de armas de que precisava para desmontar e lubrificar a pistola Walther. Então alugou uma Mercedes e estacionou a um quarteirão da pensão. Voltou ao quarto e escreveu algumas cartas, uma para seu advogado nos Estados Unidos, outra para seus sócios nos negócios. Colocou as cartas no bolso para postar depois que Rosalie voltasse do trabalho para casa. Em seguida, desmontou a pistola Walther, limpou-a meticulosamente e a remontou. Colocou o silenciador numa gaveta da escrivaninha. Queria ser absolutamente exato desta última vez e não tinha a certeza de que chegaria perto o suficiente do alvo para compensar a perda de precisão na mira causada pelo silenciador.

Quando Rosalie voltou para casa, ele perguntou:

— Von Osteen estará no tribunal amanhã com certeza?

— Sim. — Ela fez uma pausa e então indagou: — Podemos sair para comer ou você quer que eu traga alguma coisa?

— Vamos sair — disse Rogan.

Colocou as cartas na primeira caixa de coleta por que passaram. Jantaram na famosa Bauhaus, onde as canecas nunca tinham menos de um litro de cerveja e vinte tipos de salsichas eram servidos como aperitivo. O jornal vespertino *Tagenblatt* trazia uma reportagem sobre o assassinato de Wenta Pajerski em Budapeste. A rede clandestina democrática tida como responsável pelo assassinato fora aniquilada por uma série de batidas da polícia secreta, informava o jornal. Felizmente, a bomba não tinha ferido ninguém além da vítima visada.

— Você planejou dessa maneira? — perguntou Rosalie.

Rogan deu de ombros.

— Fiz o melhor que pude quando coloquei explosivo na peça de xadrez. Mas nunca se sabe. Estava preocupado com que uma das garçonetes pudesse ser atingida por um estilhaço. A sorte foi que Pajerski era um sujeito parrudo. Ele absorveu toda a carga.

— E agora existe apenas Von Osteen — disse Rosalie.

— Faria alguma diferença se eu dissesse que ele parece ser um bom homem?

Rogan riu asperamente.

— Isso não me surpreenderia. E não faz nenhuma diferença.

Não falaram a respeito, mas sabiam que poderia ser sua última noite juntos. Não queriam voltar para o quarto de sofá verde e cama estreita. Então vaguearam de uma grande cervejaria a outra, bebendo *schnapps*, ouvindo a alegre cantoria alemã, vendo as pessoas engolirem incontáveis litros de cerveja nas compridas mesas de madeira. Os enormes bávaros devoravam fileiras de pequenas salsichas gordas e as arrematavam com imensas canecas cobertas de espuma de cerveja dourada. Aqueles que ficavam momentaneamente saciados buscavam seu caminho através de turbas cheirando a malte, indo até os banheiros de mármore para fazer uso dos vomitórios especiais, tão grandes que seria possível se afogar dentro deles. Vomitavam tudo o que tinham consumido e então se arrastavam até suas mesas de madeira para pedir aos berros mais salsichas e cerveja. Depois voltavam aos banheiros para se livrar de tudo mais uma vez.

Eram repulsivos, porém estavam vivos e aquecidos, tanto que seu calor tornava as cervejarias quentes como fornos. Rogan continuou bebendo *schnapps* enquanto Rosalie passou para a cerveja. Finalmente, tendo bebido o bastante para se sentirem sonolentos, começaram a caminhar para a pensão.

Quando passaram pela Mercedes estacionada, Rogan disse a Rosalie:

— Este é o carro que aluguei. Vamos levá-lo para o tribunal amanhã de manhã e estacionar perto da entrada. Se eu não sair, você simplesmente parta com ele e deixe Munique. Não venha à minha procura, certo?

— Certo — confirmou. Sua voz estava trêmula, e ele pegou na mão dela para impedir que chorasse. Ela se desvencilhou, mas foi só para pegar a chave que estava na bolsa. Entraram na pensão e, ao subirem as escadas, ela pegou na mão dele de novo. Só a soltou para abrir a porta do seu quarto com a chave. Ela entrou e acendeu as luzes. Por trás dela, Rogan sentiu seu suspiro de medo. O agente do serviço secreto Arthur Bailey estava sentado no sofá verde; fechando a porta atrás deles, Stefan Vrostk segurava uma arma na mão direita. Os dois homens esboçavam um sorriso.

— Bem-vindo ao lar — disse Bailey a Rogan. — Bem-vindo de volta a Munique.

CAPÍTULO 18

Rogan deu um sorriso tranquilizador para Rosalie.
— Sente-se. Nada vai acontecer. Eu já os esperava. Virou-se para Bailey.
— Mande seu espião guardar a arma e faça você o mesmo. Não vão usá-las. E não vão me impedir de fazer o que tenho de fazer.

Bailey guardou sua arma e gesticulou a Vrostk para proceder da mesma forma. Disse a Rogan muito lenta e silenciosamente:

— Viemos aqui para ajudá-lo. Fiquei preocupado com que tivesse se tornado um assassino compulsivo. Achei que poderia começar a sair atirando se nos encontrasse, por isso julguei melhor dar um pulinho aqui e explicar.

— Explique à vontade — disse Rogan.

— A Interpol está atrás de você — disse Bailey. — Eles o vincularam a todos os assassinatos e estão processando cópias de todas as suas fotos de passaporte. Rastrearam você até Munique; recebi o telex em meu escritório local há apenas uma hora. Acham que você está aqui para matar alguém e vão tentar descobrir quem é. É a única coisa que tem a seu favor. O fato de que ninguém sabe quem você pretende pegar.

Rogan sentou-se na cama diante do sofá verde empoeirado.

— Ora, deixe disso, Bailey — falou. — Você sabe quem eu quero pegar.

Bailey sacudiu a cabeça. Seu rosto magro e bonito assumiu um ar preocupado.

— Você ficou paranoico. Eu o ajudei o tempo todo. Não disse nada a eles.

Rogan recostou-se no travesseiro. Sua voz era muito calma.

— Vou dar-lhe todo esse crédito. No começo, você não sabia quem eram os sete homens no Palácio da Justiça de Munique. Mas, quando eu voltei, você tinha um dossiê sobre cada um deles. Quando eu o encontrei há poucos meses e você me aconselhou a deixar em paz os irmãos Freisling, você conhecia todos os sete. Mas não ia me passar a informação. Afinal, uma rede de inteligência clandestina operando contra os comunistas é mais importante que a vingança de uma vítima de atrocidades. Não é assim que o pessoal do serviço secreto pensa?

Bailey não respondeu. Ele observava Rogan atentamente, que prosseguiu:

— Depois que eu matei os irmãos Freisling, você soube que nada poderia me deter. E queria que Genco Bari e Wenta Pajerski fossem eliminados. Mas eu nunca deveria ter saído de Budapeste vivo. — E virou-se para Vrostk: — Não é verdade?

Vrostk corou.

— Todos os arranjos foram feitos para sua fuga. Não é problema meu se você é uma pessoa teimosa que insiste em fazer tudo do seu jeito.

Rogan rebateu com desdém:

— Seu nojento desgraçado. Fui ao consulado só para testar você. Não havia nenhum carro à espera e toda a área estava infestada de policiais. Você lhes deu a deixa. Eu nunca deveria ter chegado a Munique, eu deveria ter morrido do outro lado da Cortina de Ferro. E aquilo teria resolvido todos os seus problemas com a Inteligência.

— Está me insultando — disse Bailey. — Está me acusando de tê-lo traído com a polícia secreta comunista. — E sua voz carregava um tom de tão sincero ultraje que Rosalie deu uma olhada duvidosa para Rogan.

— Sabe, se eu ainda fosse um garoto na guerra, você teria me enganado agora. Mas, depois da temporada que passei no Palácio da Justiça de Munique, vejo claramente tudo o que há por trás de sujeitos como você. O tempo todo, Bailey, eu sabia qual era a sua; nunca me enganou nem por um segundo. Na verdade, quando voltei a Munique, sabia que estaria à minha espera e pensei em descobri-lo e matá-lo primeiro. Então me dei conta de que não seria necessário. E eu não queria matar ninguém simplesmente porque esse alguém se colocou em meu caminho. Mas você não é melhor que aqueles sete homens. Se estivesse lá, teria feito o que eles fizeram. Talvez tenha feito isso. O que acha, Bailey? Quantos sujeitos você torturou? Quantos sujeitos você matou?

Rogan parou para acender um cigarro. Olhou diretamente nos olhos de Bailey quando começou a falar de novo.

— O sétimo homem, o interrogador principal, o homem que torturou minha mulher e gravou seus gritos, é o juiz Klaus von Osteen. O juiz federal mais graduado na Baviera. O político de futuro mais promissor, talvez o próximo chanceler da Alemanha Ocidental. Apoiado por nosso Departamento de Estado. E dominado pelo aparato do Serviço Secreto americano. Por isso, vocês não podem se dar ao luxo de deixar que eu o mate e certamente não podem prendê-lo por crimes de guerra.

Rogan esmagou seu cigarro.

— Para me impedir de matar Von Osteen e para manter secreta a ficha dele como um homem da Gestapo, eu tinha de ser destruído. Você mandou Vrostk me entregar para a polícia secreta húngara. Não foi assim, Bailey? Simples, sem pontos fracos, um golpe limpo exatamente como vocês, sujeitos honestos da Inteligência, gostam.

Vrostk disse em tom arrogante:

— O que nos impede de silenciá-lo agora?

Bailey lançou a seu subordinado um olhar cansado de impaciência. Rogan riu.

— Bailey, diga a seu lacaio por que ele não pode fazer isso — respondeu Rogan, divertido. Quando Bailey permaneceu em silêncio, ele prosseguiu falando diretamente para Vrostk. — Você é estúpido demais para perceber o que eu fiz, mas seu patrão sabe. Mandei cartas para várias pessoas nos Estados Unidos em quem posso confiar. Se eu morrer, Von Osteen vai ser exposto e a diplomacia americana será desacreditada. O Serviço Secreto americano aqui na Europa vai ser crucificado por Washington. Então, vocês não podem me matar. Se eu for capturado, a mesma coisa. Von Osteen será exposto, por isso vocês não podem me delatar. Precisam fazer um acordo para ficarem quites. Têm de torcer para que eu mate Von

Osteen e ninguém descubra por quê. Não insistirei para que me ajudem. Isso seria pedir demais.

O choque deixou Vrostk boquiaberto. Bailey levantou-se para sair.

— Você planejou tudo muito bem — disse a Rogan.

— O que disse é verdade, não vou negar. Vrostk recebeu ordens minhas. Mas tudo o que fiz era parte do meu trabalho, tinha de fazê-lo. Que diabos me importa sua vingança, sua justiça, quando posso ajudar nosso país a controlar a Alemanha por meio de Von Osteen? Mas você fez todos os lances certos, por isso preciso ficar de lado e deixá-lo fazer o que tem de fazer. E não tenho dúvida de que chegará a Von Osteen, mesmo que existam mil policiais procurando você amanhã de manhã. Mas esqueceu uma coisa, Rogan: é melhor escapar depois de matá-lo.

Rogan deu de ombros.

— Estou me lixando para isso.

— Sim, e você está se lixando para o que acontece com suas mulheres também.

Viu que Rogan não havia entendido.

— Primeiro, sua bela francesa que você deixou matarem, e agora esta *fraulein* aqui. — E inclinou a cabeça na direção de Rosalie, que estava sentada no sofá verde.

Rogan disse em voz baixa:

— Do que diabos você está falando?

Bailey sorriu pela primeira vez. Falou com voz suave:

— Quero dizer que se você matar Von Osteen e depois for morto, vou colocar sua garota numa encrenca. Ela vai ser acusada de cúmplice de seus assassinatos ou vai ser mandada de volta para aquele asilo de loucos. A mesma coisa acontece se Von Osteen sobreviver e for exposto por causa de suas cartas depois que você morrer. Ouça bem, vou lhe oferecer uma alternativa. Esqueça de matar Von Osteen e conseguirei para você e para a garota isenção por tudo o que fizeram. Vou arranjar as coisas para que ela possa entrar nos Estados Unidos com você quando voltar. Pense bem nisso. — E começou a ir embora.

Rogan o chamou de volta. Sua voz era trêmula. Pela primeira vez naquela noite, parecia ter perdido um pouco da confiança.

— Diga-me a verdade, Bailey — falou Rogan. — Se você fosse um daqueles sete homens no Palácio da Justiça de Munique, teria feito comigo as mesmas coisas que eles fizeram?

Bailey estudou a pergunta seriamente por um momento, e então disse em voz baixa:

— Se eu realmente acreditasse que aquilo faria meu país ganhar a guerra, sim, teria feito. — E acompanhou Vrostk até a porta.

Rogan levantou-se e foi até a escrivaninha. Rosalie o viu acoplar o silenciador de metal no cano da pistola Walther e disse com uma voz angustiada:

— Não, por favor, não faça isso. Não tenho medo do que possam fazer comigo. — E ela se deslocou na direção da porta como se para impedi-lo de sair. Então mudou de ideia e sentou-se no sofá verde.

Rogan observou-a por um momento.

— Sei o que está pensando — disse ele —, mas não deixei Vrostk e Bailey se safarem depois de tentarem me matar em Budapeste? Todo mundo nessa profissão é um tipo especial de animal, não um ser humano. São todos voluntários, ninguém os força a assumir esses empregos. Sabem quais vão ser os seus deveres. Torturar, trair e assassinar seus semelhantes. Não sinto pena nenhuma deles.

Ela não respondeu, colocou a cabeça entre as mãos. Rogan disse gentilmente:

— Em Budapeste, arrisquei minha vida para garantir que ninguém mais ficasse ferido a não ser Pajerski. Estava disposto a abrir mão de tudo, inclusive da minha chance de punir Von Osteen, para que nenhum inocente fosse ferido por mim. Porque aquelas pessoas naquele local eram inocentes. Estes dois homens não são. E não quero que você sofra por minha causa.

Antes que ela pudesse responder, antes que pudesse erguer a cabeça, ele saiu da sala. Ela podia ouvir seus passos descendo rapidamente as escadas.

Rogan partiu na Mercedes alugada e entrou numa avenida principal, pisando fundo no acelerador. A essa hora, havia pouco trânsito. Ele esperava que Bailey e Vrostk não estivessem em um carro próprio, mas que tivessem ido à pensão de táxi e agora saíssem a pé procurando outro.

Não tinha percorrido mais que um quarteirão na avenida quando os viu caminhando juntos. Dirigiu por mais um quarteirão, estacionou o carro e começou a caminhar de volta na avenida ao encontro deles. Estavam ainda a uns 30 metros de distância quando entraram na cervejaria Fredericka. "Droga", pensou, "nunca vou conseguir pegá-los ali."

Aguardou do lado de fora por uma hora na esperança de que tomariam algumas cervejas rápidas e sairiam.

Mas eles não reapareceram e, então, Rogan decidiu finalmente entrar.

A cervejaria não estava cheia, e ele localizou Bailey e Vrostk imediatamente. Tinham uma mesa de madeira comprida só para eles e estavam sentados engolindo salsichas brancas. Rogan sentou-se perto da porta, onde ficava protegido da visão deles por uma mesa cheia de beberrões animados que ainda entornavam suas cervejas.

Ao observar Bailey e Vrostk beberem, ficou surpreso com a aparência e o comportamento deles, e intrigado com a própria surpresa. Até agora ele sempre os vira enquanto vestiam as máscaras do dever, cautelosos para não revelarem quaisquer fraquezas. Aqui ele os via relaxados, deixando de lado seus disfarces.

O arrogante Vrostk evidentemente gostava de mulheres gordas. Rogan viu-o beliscar todas as garçonetes gorduchas e deixar as magrelas passarem incólumes. Quando uma garota realmente encorpada passava por ele carregando uma bandeja cheia de canecas vazias, Vrostk não conseguia se conter. Tentava abraçá-la e as canecas de vidro saíam voando por sobre a mesa de madeira; a garçonete lhe dava um empurrão afável que o jogava no colo de Bailey.

O esguio Arthur Bailey era um glutão cheio de frescura. Devorava pratos seguidos de salsichas brancas, deixando um rastro pegajoso de capas de gordura que ele descartava. Cada bocado de salsicha era empurrado para a barriga com um gole de cerveja. Estava totalmente absorto naquilo que fazia. Subitamente, disparou para um dos banheiros.

Vrostk seguiu-o, num zigue-zague ébrio. Rogan esperou um momento e então também os seguiu Entrou pela porta do banheiro e teve sorte; Bailey e Vrostk eram os únicos ocupantes.

Mas não conseguia atirar, não conseguia tirar sua pistola Walther do bolso do paletó. Bailey debruçava-se desamparado sobre um dos imensos vomitórios brancos de cerâmica, despejando tudo o que comera desde o café da manhã. Vrostk segurava gentilmente a cabeça dele para impedir que ela mergulhasse no conteúdo do vomitório.

Pegos com a guarda baixa, eles eram curiosamente comoventes. Rogan recuou antes que pudessem vê-lo e deixou a cervejaria. Dirigiu a Mercedes até a pensão, estacionou-a e subiu para o quarto. A porta não estava trancada. Rosalie encontrava-se sentada no sofá verde à sua espera. Rogan tirou o silenciador e o jogou de volta na gaveta da escrivaninha. Sentou-se ao lado de Rosalie.

— Não consegui fazer aquilo — disse. — Não sei por quê, mas não consegui matá-los.

CAPÍTULO 19

Na manhã seguinte, enquanto tomava seu café, ele anotou num papel o nome do seu advogado nos Estados Unidos e o entregou a ela.

— Se tiver algum problema, escreva para esse homem — disse Rogan. — Ele virá ajudá-la.

O fato de que ele não tinha matado Bailey e Vrostk, de certa forma, fez Rosalie resignar-se com a caçada a Von Osteen. Ela não tentou demovê-lo da ideia, aceitou o que ele tinha de fazer. Mas queria que ele descansasse alguns dias. Rogan parecia doente e muito cansado. Ele negou com a cabeça. Havia esperado muitos anos, não queria perder outro dia.

Estava com uma ligeira dor de cabeça. Podia sentir pressão na parte de seu crânio coberta pela placa de prata. Rosalie deu-lhe água para engolir as pílulas que sempre levava consigo. Observou-o enquanto verificava a pistola Walther e a colocava no bolso do paletó.

— Não vai usar o silenciador? — perguntou ela.

— Ele tira a precisão da arma — disse Rogan. — Eu teria de estar a uma distância de 5 metros para ter certeza de que o acertaria. E talvez não consiga chegar tão perto.

Ela entendeu o que ele queria realmente dizer: que não tinha esperança de escapar, que seria inútil silenciar a arma do crime. Antes de saírem pela porta, ela o fez abraçá-la, mas não havia jeito de consolá-la.

Ele pediu que ela dirigisse o carro, pois não confiava em sua visão periférica precária numa ocasião importante como essa. Seu nervo óptico danificado ficava nas piores condições em momentos de estresse, e ele queria poder proteger parcialmente o rosto com a mão enquanto atravessavam a cidade. Munique podia estar cheia de policiais à sua procura.

Passaram de carro pelos degraus do tribunal e atravessaram a praça da qual Rogan se lembrava tão bem, com seus vistosos edifícios de colunas. Rosalie estacionou a Mercedes a uma pequena distância da entrada lateral. Rogan desceu do carro e entrou pela arcada majestosa do pátio do Palácio da Justiça.

Caminhou sobre as pedras arredondadas que uma vez foram manchadas com seu sangue e cujas fendas tinham engolido os minúsculos fragmentos estraçalhados de seu crânio. Rígido com a tensão, seguiu Rosalie pela clínica médica de emergência e observou-a colocar sua túnica branca de enfermeira. Ela virou para ele e perguntou em voz baixa:

— Está pronto?

Rogan assentiu com a cabeça. Ela o levou a uma escadaria interna que conduzia até um vestíbulo frio com piso de mármore. Grandes portas de carvalho ladeavam o corredor em intervalos de 15 metros, as portas que davam para o tribunal. Nichos profundos ao lado de cada uma delas continham armaduras. Alguns estavam vazios, as armaduras saqueadas durante a guerra e ainda não tinham sido repostas.

Ao passar pelas portas do tribunal, Rogan podia ver os acusados — ladrões baratos, assaltantes, estupradores, cafetões, assassinos e inocentes — esperando por justiça. Ele caminhou pelo longo corredor, sua cabeça latejando com o temor que preenchia o ar como uma malévola corrente elétrica. Chegaram a uma bancada de madeira que tinha uma placa escrito *Kriminalgericht*, e debaixo, *Bundesgericht von Osteen, Präsidium*.

Rosalie puxava seu braço.

— Neste tribunal — sussurrou ela —, Von Osteen estará no meio, com um juiz de cada lado.

Rogan entrou, passando por um meirinho, e se sentou numa cadeira dos fundos. Rosalie sentou-se a seu lado.

Lentamente, Rogan ergueu a cabeça para olhar os três juízes em sua plataforma na extremidade mais baixa do imenso tribunal. Um espectador sentado à sua frente obscurecia sua visão e ele inclinou a cabeça para enxergar melhor. Nenhum deles parecia familiar.

— Não o vejo lá — sussurrou para Rosalie.

— É o juiz do meio — murmurou ela.

Rogan olhou atentamente. O homem não tinha nenhuma semelhança com Von Osteen. As feições dele eram aristocráticas, aquilinas; já as deste homem eram cheias de protuberâncias. Até sua testa parecia mais estreita. Nenhum homem podia ter mudado tanto. Ele sussurrou para Rosalie:

— Este não é Von Osteen, não se parece nada com ele.

Lentamente, ela se virou para encará-lo.

— Quer dizer que ele não é o sétimo homem?

Rogan negou com a cabeça. Viu contentamento nos olhos dela, mas não entendeu. Então ela sussurrou:

— Mas ele *é* Von Osteen. Isso é certo. Sei que é verdade.

Sentiu-se tonto subitamente. Eles o haviam enganado afinal. Lembrou os sorrisos matreiros dos irmãos Freisling quando lhe deram a informação sobre Von Osteen. Lembrou-se do ar confiante de Bailey quando falaram sobre Von Osteen, algo que tinha divertido o agente secreto. E agora entendia o ar de contentamento nos olhos de Rosalie. Ele jamais encontraria o sétimo homem e por isso abandonaria sua busca e iria viver sua vida. Isso era tudo o que ela esperava.

A placa de prata em seu crânio começou a doer e o ódio ao mundo inteiro que azedava seu sangue drenou a resistência de seu corpo. Ele começou a cair sobre Rosalie. Ela o segurou quando começava a desmaiar e um meirinho troncudo, vendo o que acontecia, ajudou a carregar Rogan para fora da sala do tribunal e até a clínica de emergência. Rosalie ficou do lado em que Rogan levava a arma, sentindo o contorno dela através de seu paletó. Na clínica, ela o fez deitar-se numa das quatro camas e colocou um biombo ao redor dele. Então ergueu sua cabeça e enfiou as pílulas em sua garganta. Em poucos minutos, a cor voltou às faces de Rogan e ele abriu os olhos.

Ela falou de mansinho com Rogan, mas ele não respondeu e ela teve de deixá-lo para atender alguém que havia chegado para um atendimento médico de pouca gravidade.

Rogan olhou para o teto. Tentou forçar seu cérebro a raciocinar sobre as coisas. Não havia possibilidade alguma de que os irmãos Freisling estivessem mentindo quando botaram no papel os mesmos nomes de seus colegas dos tempos de guerra. E Bailey havia admitido que era Von

Osteen o homem que Rogan procurava. Seria possível, então, que Rosalie tivesse mentido para ele? Não. Para Rosalie, era impossível. Havia apenas uma coisa a fazer: encontrar Bailey e obrigá-lo a dizer a verdade. Mas só depois de descansar, sentia-se muito fraco agora. Rogan fechou os olhos. Dormiu um pouco. Ao acordar, pensou que estava num de seus velhos pesadelos.

Do outro lado do biombo, vinha a voz do chefe do interrogatório que tanto tempo atrás o havia torturado e traído sua humanidade. A voz era poderosamente magnética, cheia de simpatia. Perguntava pelo homem que tinha desmaiado na sala do tribunal. Rogan podia ouvir Rosalie, seu tom respeitável, tranquilizando o visitante de que o homem havia se abatido por causa do calor dentro da sala, mas que logo estaria recuperado. Ela agradeceu ao meritíssimo juiz por sua bondade ao indagar pela saúde de seu paciente.

Quando a porta fechou, Rosalie deu a volta no biombo e encontrou Rogan sentando-se na cama. Havia um sorriso sinistro em seu rosto.

— Quem era ele? — perguntou, querendo ter certeza.

— O juiz Von Osteen — disse Rosalie. — Veio saber como você estava. Eu lhe falei que era um homem bondoso. Sempre senti que não poderia ser quem você procurava.

Rogan disse suavemente:

— Era disso que os irmãos sorriam com malícia, e Bailey também. Sabiam que eu jamais reconheceria Von Osteen, assim como eles não tinham me reconhecido. Mas o poder dele estava todo em sua voz e eu nunca me esqueceria disso.

Viu o ar de desânimo dela.

— O juiz Von Osteen estará no tribunal esta tarde, depois do almoço? — perguntou.

Ela sentou-se na cama, de costas para ele.

— Sim.

Rogan deu-lhe umas palmadinhas no ombro, seus dedos extraindo energia do corpo jovem de Rosalie. Podia sentir a alegria exultante que o percorria. Dentro de poucas horas, tudo estaria acabado, ele nunca mais sofreria aqueles pesadelos terríveis. Mas precisaria de toda a sua força. Disse a Rosalie quais injeções do suprimento de medicamentos da enfermaria ela devia aplicar nele. Enquanto ela preparava a agulha, ele pensou na mudança na aparência de Von Osteen.

Lembrando-se daquelas feições orgulhosas do homem, Rogan sabia que ele não teria feito cirurgia facial voluntária meramente para escapar do perigo. Nos anos desde que se viram pela última vez, outro Von Osteen havia atravessado seu próprio inferno de sofrimento. "Mas não importava, nada mais importava", pensou Rogan. Antes que o dia acabasse, seus dois mundos terminariam.

CAPÍTULO 20

O juiz federal Klaus von Osteen sentou-se na bancada alta, flanqueado por dois colegas. Viu a boca do promotor se mover, mas não conseguia extrair qualquer sentido de suas palavras. Perseguido por sua própria culpa, por seu próprio medo de punição, não podia se concentrar no caso diante dele. Teria de concordar com o veredito de seus outros dois colegas juízes.

Um lampejo de movimento nos fundos da sala do tribunal captou seu olhar, e seu coração contraiu-se dolorosamente. Mas era apenas um casal ocupando seus assentos. Tentou ver o rosto do homem, mas a cabeça estava inclinada para baixo e afastada. Agora o advogado de defesa enumerava escusas para seu cliente. Von Osteen tentou focar sua atenção no que estava acontecendo. Concentrou-se. Subitamente, houve uma comoção nos fundos do tribunal. Com uma grande força de vontade, Von Osteen evitou levantar-se. Viu uma mulher de branco e um dos meirinhos arrastando um homem pela porta dos fundos. Não era uma ocorrência rara nessas salas de tribunal, onde as pessoas eram submetidas a pressões tão cruéis.

O incidente perturbou o juiz. Ele fez um sinal, chamando um dos funcionários até o banco, e murmurou instruções. Quando o funcionário voltou e contou-lhe que um amigo da enfermeira empregada pelo tribunal tinha desmaiado e fora levado para a sala de emergência, Von Osteen suspirou, aliviando a tensão. E, no entanto, havia algo estranho pelo fato de aquilo acontecer justamente naquela hora.

Quando o tribunal entrou em recesso para o almoço, Von Osteen decidiu descer até a sala de emergência e perguntar pela condição do homem. Poderia ter mandado um funcionário, mas queria ver com seus próprios olhos.

A enfermeira era uma garota muito bonita, de maneiras finas. Notou com aprovação que ela era muito superior ao tipo costumeiro empregado em tais postos do governo. Ela apontou para um biombo ao redor de uma das camas do hospital e disse que o homem estava se recuperando; sofrera um leve desmaio, nada sério. Von Osteen olhou para o biombo. Quase foi tomado pelo impulso de caminhar para trás dele e olhar para o rosto do homem para dar fim a todos os seus temores. Mas tal ato seria fora do comum e, além do mais, a enfermeira estava em seu caminho. Ela teria de se afastar. Disse poucas palavras para ela com polidez mecânica e deixou a sala. Pela primeira vez desde que se tornara juiz no Palácio da Justiça de Munique, ele atravessava o pátio virando a cabeça para não ver o muro interno contra o qual os corpos tinham sido empilhados naquele dia terrível, muito tempo atrás. Deixando o pátio, caminhou até a avenida principal, onde sua limusine com chofer esperava para levá-lo em casa para o almoço.

O guarda-costas sentava-se à frente com o motorista, e Von Osteen sorriu sutilmente. O segurança não ofereceria nenhuma proteção contra um assassino decidido, seria meramente outra vítima. Quando o carro encostou na entrada de sua casa, ele notou que sua guarda pessoal fora aumentada. Eles ajudariam. Forçariam o assassino a fazer seu atentado em algum outro lugar, e Marcia estaria a salvo.

Sua mulher o esperava na sala de jantar. A mesa estava posta com toalha e guardanapos brancos que adquiriam um leve tom azulado graças à luz filtrada pelas cortinas. A prataria brilhava e os vasos de flores vívidas haviam sido arranjados com o talento de um artista. Disse em tom de brincadeira à mulher:

— Marcia, gostaria que a comida fosse tão boa quanto o cenário.

Ela fez uma cara fingida de desagrado.

— Sempre o juiz — disse.

Olhando para sua mulher, Von Osteen pensou: "Ela acreditaria em minha culpa se tudo viesse à tona?" E ele sabia que, se negasse, ela acreditaria nele. Era vinte anos mais moça, mas o amava de verdade. Disso ele não tinha dúvida. Von Osteen passou a mão sobre seu rosto. A cirurgia tinha sido excelente, a melhor disponível na Alemanha, mas de perto as muitas cicatrizes e dobras em sua pele eram claramente visíveis. Ficou pensando se era por isso que ela mantinha as cortinas sempre semicerradas contra a luz muito intensa e as lâmpadas à meia-luz.

Depois do almoço, ela o fez deitar-se no sofá da sala de estar para uma hora de repouso. Sentou-se diante dele, com um livro no colo.

Klaus von Osteen fechou os olhos. Ele jamais poderia confessar a sua mulher; ela acreditava nele. E, afinal, ele tinha recebido sua punição. Poucas semanas depois da *Rosenmontag* de 1945, uma granada havia fragmentado seu rosto. Aceitou este ferimento terrível sem amargura, pois em sua cabeça ele expiava o crime que havia cometido contra o jovem agente americano no Palácio da Justiça de Munique.

Como poderia explicar a alguém que, como oficial graduado, aristocrata, alemão, ele viera a conhecer a degradação de seu país, sua desonra. E, como um homem casado com uma bêbada, que decide se tornar um bêbado também para mostrar seu amor, ele tinha se tornado um torturador e um assassino para continuar sendo um alemão. Mas teria sido realmente tão simples assim?

Naqueles anos, desde a guerra, ele levara uma vida realmente boa, e aquilo lhe parecia natural. Como juiz, fora humano, nunca cruel. Deixara seu passado para trás. Os registros do Palácio da Justiça de Munique foram cuidadosamente destruídos, e até poucas semanas atrás, ele sentia pouco remorso por suas crueldades dos tempos de guerra.

Então soubera que Pfann e Moltke tinham sido assassinados e os irmãos Freisling também. Uma semana antes, o oficial da Inteligência americana Arthur Bailey havia ido à sua casa e contado sobre Michael Rogan. Ele tinha assassinado os homens que eram os subordinados de Von Osteen no Palácio da Justiça de Munique quando ele fora um juiz sem a sanção da lei. Von Osteen lembrou-se de Michael Rogan. Eles não o mataram afinal.

Arthur Bailey o tranquilizou. Rogan jamais conseguiria cometer o assassinato final, porque a Inteligência americana evitaria isso. Ela também manteria em segredo as atrocidades de guerra de Von Osteen. Ele sabia o que isso significava. Se algum dia ascendesse ao poder político na Alemanha Ocidental, estaria sujeito a chantagem pela Inteligência americana.

Ao se deitar no sofá, ele estendeu a mão para tocar em sua mulher sem abrir os olhos. Depois que soube que Rogan estava vivo, Von Osteen começou a sonhar com ele. Tinha pesadelos em que Rogan se debruçava sobre ele, sua nuca ainda sangrando, o sangue escorrendo sobre o rosto de Von Osteen. Tinha pesadelos com um disco transmitindo bem alto os gritos da jovem mulher de Rogan.

Qual era a verdade? Por que o tinha torturado e depois o matado? Por que havia gravado os gritos daquela bela jovem morrendo na hora do parto? E por que ele finalmente traíra Rogan, deixando que ele alimentasse a esperança de viver ao acreditar que sua esposa ainda estava viva?

Lembrou-se do primeiro dia dos interrogatórios, da expressão no rosto de Rogan. Era um rosto bom e inocente, e aquilo o havia irritado. Era também o rosto de um jovem a quem nada de terrível ainda tinha acontecido.

No mesmo dia, Von Osteen fora visitar a mulher do prisioneiro e descobrira que havia sido levada para a sala de atendimento em trabalho de parto. Caminhando para a sala, ele ouvira os gritos de dor da jovem e, quando o médico lhe dissera que a moça estava morrendo, Von Osteen decidiu gravar os gritos para assustar Rogan e fazê-lo falar.

"Que homem esperto eu havia sido", Von Osteen pensou. Era astuto em tudo. Astuto na maldade e, depois da guerra, vivendo com seu rosto arruinado, astuto na bondade. E por ser esperto ele agora sabia por que havia destruído Rogan tão completamente. Ele conseguira isso, Von Osteen percebeu, porque o bem e o mal precisam sempre destruir um ao outro, e a consequência disso é que, no mundo da guerra e do assassinato, o mal deve triunfar sobre o bem. E assim havia destruído Rogan, levando-o espertamente a ter confiança e esperança. E naquele momento final, quando Rogan implorou por misericórdia com os olhos, Von Osteen tinha rido, uma risada abafada pelo ruído da bala que explodiu no crânio. Ele riu naquele momento porque a visão de Rogan, com seu chapéu inclinado sobre a testa, era genuinamente cômica, e a morte em si, naqueles dias terríveis de 1945, era meramente burlesca.

— Está na hora. — Sua esposa tocava em seus olhos fechados. Von Osteen levantou-se do sofá e ela o ajudou a colocar o paletó. E o acompanhou até a limusine. — Seja misericordioso — disse.

Isso o pegou desprevenido. Olhou para ela, seus olhos ofuscados pela incompreensão. Ela viu isso e prosseguiu:

— Com aquele pobre coitado que você terá de sentenciar esta tarde.

Subitamente, Von Osteen sentiu a necessidade avassaladora de confessar seus crimes para a mulher. Mas o carro já se afastava lentamente de sua casa a caminho do Palácio da Justiça de Munique. Já sentenciado à morte, mas esperando um perdão, Von Osteen não conseguia confessar.

CAPÍTULO 21

Arthur Bailey andava de um lado para o outro no escritório do centro de comunicações da CIA, localizado na sede do Exército dos Estados Unidos, nos arredores de Munique. Bem cedo, naquela manhã, tinha mandado um radiograma cifrado para o Pentágono explicando toda a situação relacionada a Von Osteen e Rogan. Recomendou que nenhuma ação fosse tomada por sua organização. Agora esperava impacientemente por uma resposta.

Era quase meio-dia quando ela veio. O funcionário a levou à sala sigilosa de decodificação e, meia hora depois, a mensagem foi colocada nas mãos de Bailey. Ela o deixou atônito. Mandava que mantivesse Von Osteen sob proteção e informasse a polícia alemã das intenções de Rogan. Essa atitude seria tão desastrosa, pensou Bailey, que decidiu usar a ligação radiofônica com o Pentágono. A assinatura codificada na resposta era de um ex-companheiro de equipe de Bailey na Alemanha, Fred Nelson. Eles não podiam falar livremente pelo rádio, mas talvez Bailey pudesse expor sua opinião para Nelson. E tinha toda a certeza do mundo de que precisava se apressar. Rogan podia estar bem na cola do juiz Von Osteen naquele momento.

Levou dez minutos para estabelecer um contato. Depois de identificar-se, falou cautelosamente:

— Vocês sabem que diabos estão fazendo com estas instruções que me mandaram? Podem detonar todo o esquema político.

A voz de Nelson era fria e neutra:

— A decisão veio do escalão superior da Inteligência. Foi endossada pelo pessoal do Estado. Portanto, siga em frente e obedeça às ordens.

Bailey mostrou-se indignado.

— São todos malucos. — E sua voz soava tão preocupada que Nelson teve pena dele.

— Aquele aspecto que o preocupa — disse Nelson cautelosamente — já está sendo cuidado.

Nelson referia-se às cartas que Rogan mandara para seus amigos nos Estados Unidos.

— Sim, entendo — disse Bailey. — O que foi feito a espeito?

— Mantivemos uma ficha sobre ele desde seu primeiro relato. Conhecemos todo mundo com quem poderia se corresponder e colocamos uma interceptação postal nas agências de correio próximas das pessoas que ele conhece.

Bailey ficou genuinamente surpreso.

— E vocês podem fazer isso impunemente nos Estados Unidos? Nem tinha pensado nisso.

— Segurança nacional. Podemos fazer o que quisermos.

— Nelson parecia sarcástico. — Esse sujeito vai se permitir ser capturado vivo?

— Não.

— É melhor mesmo — disse Nelson, e encerrou a ligação

Bailey se amaldiçoou por ter ligado em vez de apenas seguir as instruções. Sabia o que significava a última observação de Nelson. Ele tinha de garantir que Rogan não fosse capturado vivo ou que não viveria depois de ser preso. Não queriam que ele saísse falando sobre Von Osteen.

Bailey entrou no carro oficial que o aguardava e mandou o motorista levá-lo ao Palácio da Justiça de Munique. Não achava que Rogan tivera tempo suficiente para agir, mas queria ter certeza. Então ele encontraria Vrostk e iriam juntos à pensão dar cabo de Rogan.

CAPÍTULO 22

Na clínica de emergência do Palácio da Justiça de Munique, Rogan preparou seu encontro final com Klaus von Osteen. Penteou os cabelos e ajeitou a roupa, queria estar apresentável o mais possível para não chamar atenção em meio às pessoas. Tocou o bolso do paletó do lado direito para se certificar de que a pistola Walther ainda estava lá, embora pudesse sentir seu peso.

Rosalie pegou um frasco de um líquido incolor de seu carrinho de medicamentos e derramou um pouco num grosso retângulo de gaze. Colocou-o no bolso esquerdo de Rogan.

— Se começar a sentir-se fraco, coloque junto à boca e inspire — disse ela.

Ele se abaixou para beijá-la e ela disse:

— Espere até que a corte termine, espere até o fim do dia.

— Vou ter uma chance melhor se pegá-lo voltando do almoço. Fique no carro. — E tocou levemente sua bochecha.

— Há uma grande possibilidade de eu conseguir escapar.

Com um olhar entristecido e dissimulada confiança, sorriram um para o outro e, então, Rosalie tirou seu jaleco branco e o jogou numa cadeira.

— Estou indo — disse ela, e, sem mais uma palavra, sem olhar para trás, deixou a clínica e atravessou o pátio até a rua.

Rogan a observou antes que ele também deixasse a clínica e subisse as escadas internas até o corredor do andar principal do Palácio.

O corredor estava cheio de condenados aguardando suas punições e, com eles, suas famílias e amigos, bem como os advogados de defesa e os agentes da Justiça. Gradualmente, começaram a desaparecer para dentro das salas de julgamento até que o corredor frio e escuro ficou vazio. Não havia nenhum sinal de Von Osteen.

Rogan caminhou até a sala do tribunal onde o juiz estivera naquela manhã; chegou atrasado. A corte já estava em sessão há alguns minutos. Estava pronta para sentenciar o criminoso diante dela. Von Osteen, como presidente do Tribunal, estava sentado entre seus dois colegas juízes. Todos vestiam togas pretas, mas somente Von Osteen envergava o alto chapéu cônico de arminho e *vison* que designava o oficial-chefe de Justiça, e sua figura parecia exercer um fascínio de pavor em todos na sala.

Estava para sentenciar o criminoso à sua frente. A decisão foi anunciada com aquela voz persuasiva magnífica de que Rogan se lembrava tão bem. Era uma sentença de prisão perpétua para o pobre-diabo.

Rogan sentiu um enorme alívio por sua busca ter terminado. Caminhou uns 30 metros até sair pelas portas da sala de julgamento e se postou num dos nichos vazios na parede do corredor, um lugar que durante mil anos havia abrigado a armadura de um guerreiro germânico. Ficou parado ali por quase uma hora antes que as pessoas na sala do tribunal saíssem pelas portas de carvalho no corredor.

Viu uma figura de toga preta sair da sala por uma pequena porta lateral. Von Osteen caminhava em sua direção pelo corredor escuro. Parecia um antigo sacerdote preparado para o sacrifício, o manto preto drapejando suas abas, o chapéu cônico de arminho e *vison* como a mitra de um bispo, sagrado e intocável. Rogan esperou, bloqueando o corredor. Sacou a pistola Walther e a apontou para a frente.

Estavam agora cara a cara. Von Osteen tentou enxergar na penumbra e sussurrou:

— Rogan?

E Rogan sentiu uma alegria avassaladora porque, dessa última vez, fora reconhecido e sua vítima conhecia o crime pelo qual deveria morrer.

— Você me condenou à morte uma vez — afirmou.

Ouviu a voz hipnótica dizer:

— Rogan. Michael Rogan? — E Von Osteen sorria para ele. — Fico feliz que tenha vindo finalmente. — Ergueu a mão e tocou seu chapéu de pele. — Você é muito mais terrível em meus sonhos — falou. Rogan atirou.

O tiro da pistola ribombou ao longo dos corredores de mármore como um grande sino. Von Osteen cambaleou para trás. Ergueu as mãos como se para abençoar Rogan. Este atirou de novo. A figura togada de preto começou a desabar, o chapéu cônico tornando sua queda majestosa, um sacrilégio. As pessoas correram para o corredor, vindas das salas contíguas, e Rogan atirou uma última bala no corpo que jazia no chão de mármore. Então, com a pistola na mão, correu pela saída lateral para a praça iluminada pelo sol. Estava livre.

Viu a Mercedes que o esperava a uns cem passos de distância e caminhou para ela. Rosalie estava parada ao lado do carro, parecendo pequenina, como se estivesse no final de um longo túnel. Rogan começou a correr. Ia realmente conseguir escapar, pensou; estava tudo acabado e ele ia conseguir. Mas um policial de meia-idade, que orientava o trânsito, tinha visto a arma na mão de Rogan e correu de seu posto para interceptá-lo. O policial estava desarmado. Bloqueou o caminho de Rogan e disse:

— Você está preso, não pode carregar uma arma em público.

Rogan empurrou-o para o lado e caminhou na direção da Mercedes. Rosalie tinha desaparecido, devia estar dentro do carro tentando dar a partida. Rogan queria desesperadamente alcançá-la. O policial o seguiu, agarrando seu braço, dizendo:

— Vamos, seja sensato. Sou um oficial da polícia alemã e estou lhe dando voz de prisão.

Tinha um sotaque bávaro pesado que fazia sua voz soar amistosa. Rogan golpeou-o no rosto. O policial cambaleou, mas depois correu atrás dele desajeitadamente, tentando escoltá-lo até o Palácio da Justiça com seu corpo pesado e, no entanto, receando usar a força física por causa da pistola na mão de Rogan.

— Sou um oficial da polícia — disse de novo, atônito, incapaz de acreditar que alguém se recusasse a obedecer seus comandos em nome da lei. Rogan virou-se e o acertou com um tiro no peito.

O policial caiu sobre ele, ergueu o olhar para encará-lo e disse, com surpresa, com um horror inocente:

— *O wie gemein Sie sind.*

As palavras ecoaram na mente de Rogan. "Oh, como você é cruel." Ficou estático ali, paralisado, enquanto o policial caía agonizante a seus pés.

Congelado na praça banhada pelo sol, o próprio corpo de Rogan parecia se desintegrar, a força se esvaindo dele. Mas, então, Rosalie estava a seu lado, pegando sua mão e fazendo-o correr. Ela o enfiou na Mercedes e deixou a praça com o motor rugindo. Dirigiu como louca pelas ruas de Munique para chegar à segurança de seu quarto. A cabeça de Rogan tinha inclinado para a direita, afastando-se dela, e ela viu com horror um filete de sangue escorrendo do ouvido esquerdo, propelido contra a gravidade, por uma bomba interna que perdeu o controle.

Estavam na pensão. Rosalie parou o carro e ajudou Rogan a sair. Ele mal podia ficar de pé. Ela tirou a gaze empapada do bolso esquerdo do paletó dele e a colou em sua boca. A cabeça de Rogan inclinou-se para cima e Rosalie podia ver a serpente escarlate de sangue escorrendo do ouvido esquerdo dele. Ainda agarrava a pistola Walther com a mão direita, e as pessoas na rua olhavam para eles. Rosalie levou-o até o prédio e ajudou-o a subir as escadas. Os transeuntes certamente chamariam a polícia. Mas, por algum motivo, Rosalie o queria atrás de portas fechadas, fora das vistas de todo mundo. E quando estavam sozinhos e seguros, ela conduziu Rogan até o sofá verde e o fez deitar-se, apoiando a cabeça dele em seu colo.

E Rogan, sentindo a dor da placa de prata em seu crânio, sabendo que nunca mais teria aqueles sonhos terríveis, disse:

— Deixe-me descansar. Deixe-me dormir antes que eles venham.

Rosalie acariciou sua testa e ele podia sentir a fragrância de rosas em sua mão.

— Sim. Durma um pouco.

Pouco tempo depois, a polícia de Munique entrou no quarto e os encontrou assim. Mas os sete homens na sala abobadada do Palácio da Justiça de Munique tinham finalmente conseguido matar Rogan. Agora, dez anos depois, seu cérebro danificado havia explodido numa hemorragia maciça. O sangue jorrara de cada abertura em sua cabeça — pela boca, pelo nariz, pelos ouvidos, pelos olhos. Rosalie permaneceu calmamente sentada, com uma poça do sangue de Rogan sobre o colo. Quando a polícia aproximou-se, ela começou a chorar. Lentamente curvou a cabeça para abençoar os lábios frios de Rogan com um último beijo.

Este livro foi composto na tipologia Chaparral,
em corpo 12/16, e impresso em papel off-white 80g/m² no
Sistema Cameron da Divisão Gráfica da Distribuidora Record.